책이
　　책으로만

남지 않도록

BOOK CLUB

FEAT. DALE CARNEGIE
: HOW TO STOP WORRYING AND START LIVING

구름바다

목차

~~~~~~~~~~~~~~~~~~~~~~~~~~~~~~~~~~~~~~

5주 간의 규칙

『데일 카네기 자기관리론』을 읽고 정한 규칙

0차.
모임 시작 전 규칙   51
서진 걱정할 시간에 생산적인 일로 바쁘게 움직이자

1차 규칙   63

서진 내가 원하는 직업 조사하기
은선 다른 사람을 기쁘게 만들어주자
윤혁 무슨 직업으로 살아갈 것인지 생각해보기
승원 자신감 있게 살기
근수 하루를 살아도 걱정하지 말고 충실히 살자
건희 어떤 일이라도 열정을 갖고 하자

들어가는 글

책을 좋아하게 된 계기

저에겐 절대 잊히지 않을 하루가 있어요. 22살로 넘어가는 초봄, 심적으로 매우 힘든 시기였어요. 수강 신청하던 날, 기분 전환하러 미용실에 갔다 오는 길이었는데 메시지 한 통에 갑자기 심장이 머리 끝부터 발끝까지 요동치는 느낌이 들었어요. 그 메시지는 정말 아무것도 아닌 말이었는데도요.

세상이 나를 집어삼킬 것 같고, 극도의 불안감에 가만히 있기도 움직이기도 힘든 상태였어요. 이런 느낌은 처음이라 어떻게 대처해야 할 지 몰랐어요. 전화할 수 있는 사람들에게 다 전화하고, 사람 목소리에 의지하면서 냅다 걸었어요. 홍대부터 합정까지 얼마나 걸었는지도 모르고 계속 걸었어요.

처음의 강력한 느낌은 사라졌으나 여전히 심적으로 불안해서, 이겨낼 방법을 찾아보자 하며 혼자 이것저것 시도해봤어요. 처음으로 시도한 전화하기는 내 상태의 심각성을 상대방이 인지할 수 없었기 때문에 오히려 역효과가 났을 뿐이었어요. 그다음으로 술을 마셔보자 하며 혼자 술집에 가서 맥주를 시켰어요. 맥주를 두 잔이나 시켰지만 마시면 마실수록 심장의 두근거림이 더 강해질 뿐이었어요.

그렇게 마지막으로 향한 곳이, 서점이에요. 그 술집 밑에 서점이 있어서 그곳으로 향했고 우연히 책 하나를 집어 들어 펼쳤어요. 그 책이 정확히 어떤 책이었는지는 기억나지 않지만, 문장 하나를 읽고 그게 얼마나 위로가 되던지, 화장실에 가서 소리 없이 눈물을 쏟아냈어요. 그 오랜 하루의 종착지는 서점이었고 결국 책 속 문장이었어요. 그렇게 제 방법을 찾게 된 것 같아요.

책이 주는 힘, 문장이 주는 힘을 절실히 깨달았고 책을 진심으로 좋아하는 사람이 되었어요.

어느 하루의 기록

갑자기 불안감이 엄습해왔다. 거대한 폭풍우가 예고 없이 들이닥친 느낌이었다. 아니나 다를까 심장부터 반응했다. 심장이 마구 뛰어 어쩔 줄 몰랐다. 혼자서는 아무런 해결을 하지 못할 것 같은 느낌이었다. 평소 혼자서도 잘 해결한다 생각했었다. 그런데 그때는 달랐다. 이미 들이닥친 폭풍우는 나를 집어삼켰고 그대로 숨 쉴 수가 없었다. 그저 사람 목소리가 필요했던 듯하다. 누구라도 붙잡고 싶었다. 내가 알 수 없는 이 감정에서 나 좀 꺼내 달라고.

새벽에 직접 전화 걸 용기는 도저히 생기지 않아 친구와 언니에게 메신저로 전화 되냐고 물어봤다. 게임 중이라는 친구가 조금 이따가 전화해도 되겠냐고 하는데, 그 조금 이따가를 혼자 버틸 여력이 없어 내가 봐도 못난 문자를 보냈다. 결국 전화가 왔다. 친구와 전화를 마친 뒤 답장이 온 언니에게도 전화로 말을 풀어냈다. 두 사람과 통화가 끝난 후 비로소 심장이 잔잔해짐을 느꼈다. 방금 무슨 일이었을까. 무슨 일이 내게 벌어졌던 것일까.

힘들 때면 스스로가 힘든 상태라는 걸 아는 것도 필요하겠구나 싶었다. 지금 본 그때의 모습은 평범하지 않은 상태인데, 그게 지금에서야 보인다. 그때는 모든 상황을 긍정적으로 보려 했었고 생각의 끝맺음도 그러했다. 괜찮아, 괜찮은 거야. 그래서 크게 티가 나지 않았던 것 같다. 사람에게 기댈 수 없겠다고 생각했었다. 똑같이 약한 존재이기 때문에 의존할 수 없다는 식으로. 하지만 내 상황에 대해 말을 꺼내는 건 용기이자 갑갑하게 쌓여 풀리지 않던 마음에 공기를 만들어주는 일이다. 이럴 때 보면, 사람 없이 살 순 없겠구나 싶다.

가장 크게 의존했던 것은 책이었다. 갑자기 심장이 요동칠 때가 찾았고 그럴 때마다 서점을 찾았다. 자연스레 기독교 서적 매대로 갔었고 그 안에서 숨을 쉴 수 있었다. 보면서 울컥하는 순간이 많았는데 그게 다 치유였던 듯하다. 실제로 힘든 생각이 들 때면 책을 보며 많이도 울었다. 진심으로 위로가 되었고 내게 버틸 수 있는 울타리였다.

고등학교 친구들을 찾아간 이유

제게 고등학교 시절은 특별해요. 중학교 땐 공부를 그다지 열심히 하는 편이 아니었는데, 예고에 입학하니 친구들이 대학이라는 목표로 다들 열심히 공부를 하더라고요. 그리고 예고 특성상 학과별로 대학 입시에 특화된 수업으로 시간표가 맞춰져 있었어요. 저 또한 대학이라는 목표 아래 자연스레 결심하게 되었어요. 내 한계를 스스로 세우지 않겠다. 지금은 나의 공부 습관이 자리잡히지 않았지만 포기하지만 말자. 오늘 하루를 게을리하면 훗날 결과가 어떻게 되든 이 하루를 후회하게 될 것이다. 후회하지 말자.

그렇게 가장 치열하게 혼자만의 싸움을 했던 시기가 고등학교 때였어요. 나에게 노는 날을 허락할 수 없었고, 집중하기 힘들어 공부를 많이 못 한 날엔 계속 반성하면서요. 제가 공부를 잘하는 편이 아니었기에 점수를 마주하며 대학의 문턱이라는 가장 커다란 관문 앞에서 무너지고 쌓고를 반복했어요. 특히 미술 입시는 매일 비교당하며 자존감이 낮아지기 쉬웠던 환경이었어요. 선생님은 안전하게 이 대학을 지원해보자 하셨지만, 시도도 안 해보고 안전한 길을 선택하기엔 저 자신에게 미안했고 결국 가고 싶은 대학에만 지원했어요. 수시는 다 떨어졌지만, 다행히 정시로 대학에 진학할 수 있게 되어 너무나도 기뻤어요. 지금 다니는 학교에 얼마나 감사했던지, 이런 입시를 한 번 더해야 할 것을 생각하면 눈앞이 까마득했거든요. 정말 두 번은 하기 싫었어요.

그 시기엔 책을 접하기 어려운 상황이었지만 대학에 오고 책에 눈을 뜨면서 좋은 영향을 많이 받았어요. 특히 나 자신을 제대로 알고, 내면의 성장을 도와주고 단단하게 해주는 데 책이 좋다는 걸 알면 알수록, 이런 생각이 들었어요.

좀 더 일찍 책을 만났으면 어땠을까?

한 사람의 정체성을 형성하는데 중요한 시기인 십대에 점수로만 나라는 사람이 정의되진 않았을까요. 사실 점수는 언제든 사라질 수 있는 숫자잖아요. 하지만 나라는 한 사람은 죽는 날까지 세상에 존재해요. 그 한 사람의 내면을 더 평화롭고 아름답게 가꾸어 나가는 것이 우선 아닐까요.

저의 과거이기도 한 고등학교 친구들에게 책이 주는 이로움을 조금이나마 건네주고 싶었어요. 그래서 결코 쉬운 길은 아니지만 율곡고등학교 친구들과 독서모임을 해야겠다 결심했어요.

책이 책으로만 남지 않도록

기획은 쉽지 않았어요. 안 그래도 입시에 바쁜 고등학교 친구들이 독서모임에 관심을 가질 리 없었고, 책 읽을 시간조차 없다는 걸 알았기 때문이에요. 하지만 책이 학생들에게 좋은 영향을 줄 것이란 확신으로 학생들의 시선에 맞춰 계획을 여러 번 수정했어요.

처음엔 책이 다가가기 어려울 것을 고려해 책 읽기 외에 다양한 프로그램을 만들고 없애고를 반복했어요. 하지만 제가 궁극적으로 원했던 것은 학생들이 책을 통해 좋은 영향을 받고, 책에 대해 긍정적인 인식으로 바뀌었으면 좋겠다는 마음이었기 때문에 그것에 초점을 맞춰 계획을 수정해나갔어요.

첫째, 학생들이 원하는 목차를 읽게 하자.

둘째, 따로 책 읽을 시간이 없음을 고려해 모임 시간 내에 책을 함께 읽자. 시간이 많지 않으니 완독을 목표로 하기보단 적은 분량에도 최대한의 효과를 보게 하자.

셋째, 책을 통해 얻은 생각을 바탕으로 자신만의 규칙을 정해 일상에서 지키게 하자.

이렇게 모임의 내용이 완성되었습니다.

여러 번 수정을 거친 기획, 가장 어려웠던 홍보, 다섯 명의 친구들을 한 명씩 만나 설렜던 사전 인터뷰, 많이 배우면서 행복했던 6주간의 모임이 끝나고 이제 드디어 최종 마무리인 책 만드는 단계에 있습니다.

제가 기획한 독서모임에 참여해준 학생들과 함께 보낸 여정을 의미 있는 기록물로 남기고 싶어 이렇게 책을 만들게 되었어요. 책의 호불호에 상관없이 모임에 참여해줘서 너무 고마운 마음이에요. 평소에 글 쓰는걸 즐겨하지 않았지만, 다음 모임 전까지 한 글자 한 글자 써내려가준 학생들의 글과 정성스러운 마음을 예쁘게 봐주셨으면 해요. 6주간의 책과 함께한 여정을 즐겁게 읽어주세요. 고맙습니다!

SCHEDULE

책 『데일 카네기 자기관리론』

기간 7월 22일부터 목요일 6주간 오전 10시-12시

주제 마음을 지키는 독서모임 "걱정하지 않는 방법"

내용 1. 책 목차 중 읽고 싶은 목차 선택

    2. 책 내용을 바탕으로 일주일 동안 지킬 규칙 세우고

        일상에 적용

    3. 다음 모임 전까지 실제 생활에 어떻게 적용했으며

        결과는 어땠는지 글 작성

    4. 다음 모임에 함께 공유하고, 서로 피드백

대상 율곡고 학생 누구나

인원 5명

장소 법원읍 행정복지센터 2층 다목적실

*초반 학생 모집할 때 배부되었던 포스터 내용입니다.

INTRODUCE

안녕하세요? 법원읍 행정복지센터 3층에서 근무하고 있는
"로컬청년생활실험실" 자립[自立] 입니다.
법원읍 내의 자원을 발굴하고, 문화 프로그램을 만드는 등
지역 발전 및 청년 자립을 위해 노력하고 있습니다.

입시하면서 공부보다 더 중요한 것은 "자기관리"입니다.
자기관리를 하며 내 마음을 지킬 수 있어야 공부도 하고,
대인관계도 원활해집니다. 공부에만 집중하기엔 방해되는
외부 환경 요소들이 너무 많죠.

걱정이 많은 학생, 흔들리지 않고 공부에만
집중하고 싶은 수험생을 위해 마음이 단단해지는 방법을
함께 공유하고, 대화하고, 글쓰는 시간을 가지려 합니다.
모임이 끝난 후 글을 모아 하나의 책으로 만듭니다.

CONTENT 데일 카네기 자기관리론

학생 인터뷰

첫 모임 전,
사전 인터뷰를 진행했습니다.

율곡고 3학년 장은선 학생

"

독서를 많이 안 하다 보니까 동기가 필요했고,
이게 딱 적절한 기회다 싶어서 들어오게 됐습니다.

"

간단히 자기소개 해주세요!

율곡고등학교에 재학하고 있는 3학년 장은선이라고 합니다.

요즘 어떻게 지내요?

그 질문이 제일 어려운 질문이네요.
어떻게 지내냐가 제일 어려운 질문인데, 그냥…. 어….
일어나서 동생보고, 밥하고, 게임하고 지내고 있어요.

요즘 나를 힘들게 하는 것은 뭐예요?

가족이요.

나만의 우울함을 이기는 방법?

저는 일단 전화를 많이 해요. 누구랑 같이 있거나.
가족들 때문에 힘든 경우에는 다른 사람이랑 전화해서
오늘 있었던 일을 얘기해서 같이 맞장구쳐주는 애들한테
하소연해요. 또 게임이나 웹툰, 유튜브나 방송 그런 거
사람 목소리가 들리는 그런 걸 많이 봐요.

어떤 걸 하면 행복해져요?

사람들이랑 얘기하는 거? 전화라던지 노는 거.

독서모임에 어떻게 참여하게 되었어요?

이런 거를 접할 기회가 없었는데, 인연도 인연이고.
(무슨 인연이죠?)
법원읍 해바라기 축제 봉사에서 만나가지고요.
이러이러한 모임을 계획하고 있다는 걸 듣고,
아! 나도 해보자! 했어요.
독서를 많이 안 하다 보니까 동기가 필요했고,
이게 딱 적절한 기회다. 싶어서 들어오게 됐습니다.

책에 대한 나의 생각은?

잠 오는 거…. 자장가.

책을 통해 얻고 싶은 점?

지식? 지식이나 위로?

모임에 기대되는 점?

제가 사람들이랑 말하는 걸 좋아하다 보니까.
말을 하고, 이런 사람도 있고 저런 사람도 있다는 걸 알아가고,
남다른 경험을 해보는 거요.

인터뷰가 끝나고 그린 은선 학생의 포토샵 첫 작품

율곡고 3학년 정윤혁 학생

"

과거에 있었던 일에 대해서 부정적으로 생각 안 해요.
그냥 지나간 일은 지나간 일이다 생각하고.

"

간단히 자기소개 해주세요!

율곡고등학교 3학년에 재학 중인 정윤혁입니다.
역사를 좋아하고 역사 선생님이 되고 싶습니다.

요즘 어떻게 지내요?

요즘 그냥 집에서 뒹굴뒹굴 거리는 것 같아요.
방학했으니까 이제.

요즘 나를 힘들게 하는 것은 뭐예요?

어.. 딱히 없어요. 친구나, 진로, 돈에 고민도 없고.
그냥 있는 그대로 살아가는 것 같아요.

나만의 우울함을 이기는 방법?

단 거 많이 먹어요. 단 거를 좋아해서.
초콜릿을 엄청 좋아해요. 민트초코 빼고. ㅎㅎ
단맛보다 너무 시원해가지고.
카카오 99% 먹어본 적 있는데 너무 쓰더라고요.
일단 달면 다 좋아요.

어떤 걸 하면 행복해져요?

솔직히 애들이랑 놀 때 제일 행복하죠.
피시방을 가든 노래방을 가든 카페 가서 수다를 떨든.
그때가 제일 재밌고 즐거워요.

독서모임에 어떻게 참여하게 되었어요?

진로쌤이 하라해서.. ㅎㅎ 담임쌤도 말씀하셨고.
솔직히 할 생각은 딱히 없었거든요.
독서모임에서 읽는 책이 좀 그런 거잖아요
자기계발부터 시작해서 진로 관련된 거라던가, 대인관계.
제가 책 읽는 건 좋아하는데 소설을 엄청 좋아하거든요.
고전소설, 역사소설부터 해서 SF. 이런 장르의 소설을
좋아해가지고. 안 맞거든요. 읽는 책 주제부터가.
그래서 처음에 안 하려고 했는데 딱 시험 끝나고
상담받으러 갔더니 하라고 하시더라고요.
진로 쌤한테 빚진 것도 많고. ㅎㅎ

책에 대한 나의 생각은?

책 읽으면 시간 보내기는 진짜 좋은 것 같아요.
옛날에 학교에서 책을 엄청 읽었거든요. 폰을 내고,
수업 시간이든 점심 시간이든 한 개 꽂히는게 있으면. 진짜
많이 읽었어요. 시간 금방 가고 다 주제가 소설이여가지고.

(무슨 소설 좋아해요?) 다 좋아합니다. 역사소설부터 시작해
서 SF, 추리소설 이것저것 다 읽어요.

(하나 추천해준다면?) 추리소설인데요. 비벨리야 고서당의
사건수첩. 1권부터 7권까지 있고 되게 긴 소설이에요.
제가 읽는 동안에도 계속 연재됐던 소설이고.

되게 길고 읽어보면 재밌어요. 또 내용이 추리소설이다 보
니까 어려워요. 읽다 보면 주인공 혼동올 때도 있고. 남자가
주인공인데 선천적으로 책을 못 읽는 사람이에요. 책 보면
토나오고. 여주인공은 사람들의 관계를 꺼리는데 책의 내용
은 좋아하고 잘 알아요. 둘이 우연히 책으로 만나서 남주(남
자주인공)에게 책 내용을 이야기해주고 도와주면서 여러
사건이 일어나고 풀어가요.

우리나라 작가가 쓴 것중에선 김진명 작가라고
제목이 고구려에요. 이건 1권부터 6권까지 있고.
고구려의 15대 왕이 미천왕이고 그 뒤에 고국천왕까지
내용을 다루는데 소설이다 보니 허구가 들어가요.
전체적인 건 역사적 기반이 딱 떨어져요.
역사적 내용을 재밌게 담고 있는 책이에요.
이건 좀 재밌게 읽을 수 있는 책.

(역사소설 많이 읽어서 역사에 관심을 가지게 된 거예요?)

역사는 중학교 때부터 관심을 가졌어요. 역사 과목은 초등
학교 때부터 배웠거든요. 근데 중2 때 역사쌤을 잘 만났어
요. 그분이 한국사를 알려주셨는데 그게 너무 재밌는거예
요. 그래서 관심을 갖게 됐고 진로를 희망하게 되었죠.

책을 통해 얻고 싶은 점?

솔직히 관심 안 가졌거든요. 잘 읽을지도 걱정이고.
많이 읽을 것 같긴 한데.ㅎㅎ 천천히 생각해볼게요.
지금 저에게 필요하다고 느끼는 건 없어가지고….
아까도 말씀드렸듯이 고민도 딱히 없고, 제가 후회를
잘 안 하는 편이거든요. 살면서 잘 안 하려 하는 편이고.

(후회를 안 하려면 어떻게 해요?)

이미 벌어진 일에 대해서 생각을 안 해요.

결과가 좋든 나쁘든. 지금 벌어진 일만 생각하거든요.

내가 사고를 쳤든, 일을 냈든 간에요, 그러면 그거에 대해

책임지고 수습할 생각을 하고 과거의 나를 탓한다던가

과거에 있었던 일에 대해서 부정적으로 생각 안 해요.

그냥 지나간 일은 지나간 일이다 생각하고.

(살면서 후회한 일도 있어요?)

살면서 후회한 일이 딱 하나 있어요. 공부 안 한거.

고2 때 코로나 터지고 학원 다니는 걸 멈췄어요.

중학교 때까진 열심히 다녔거든요. 너무 놀게 되어서

성적이 떨어지기 시작하더니 이렇게 됐어요. 그때

스스로 자기 주도 학습한다고 한 거 그거 하나 후회돼요.

집에서는 너 혼자 안되니까 학원 가서 하라고 하셨는데

제가 고집부렸거든요. 집에서 해보겠다. 근데 결국엔 실패

했죠. 그러고 나선 딱히 후회 안 해요. 끝난 일이니까요.

앞으로도 후회할 일이 있을지 없을지 모르겠지만 이렇게

살아가려 해요.

율곡고 2학년 송승원 학생

"

책을 통해 자유로워졌음 좋겠어요.
트라우마에서, 그런 게 많이 해소됐으면 좋겠어요.

"

간단히 자기소개 해주세요!

네 저는 올해 2학년인 송승원이라 하고요.
장래 희망은 바리스타고 취미는 운동하는 거랑 영화보는 거,
간단하게 책 읽는 거요.

(무슨 책 좋아해요?)

추리? 상관없이 다 좋아해요. sf나 철학적인 것도 좋고.
영화들도 좀 어려운 영화? 해석이 필요한 영화 좋아해요.
제가 예전 장래 희망이 영화 평론가여서. 근데 접었어요.

(평론가도 꿈이었구나. 왜 접었어요?)

중학교 3학년 때 안 좋은 일이 많아지고.
선생님이 재능 없다는 식으로 말씀하셔서. 담임쌤이 저에게
기대를 많이 하셨나 봐요. 전에 애들 앞에서 대놓고
망신시킨 적도 있어요. 그래서 좀 슬럼프 생겼다 해야 하나?
글 쓰는 거랑 영화 해석하는 것도 싫어져서 접었어요.
제가 과거가 좋진 않아요. 왕따도 당해봤고, 자살 시도도
해봤고. 그래서 과거 얘기를 잘 안 해요. 그래서 사람들과
친해지기가 좀 힘들어요. 그래서 완전히 접었어요.

(글쓰기를 멈춰서 너무 아쉬운 게, 저는 힘든 일 있으면 글 쓰면서 해소하거든요. 저도 말로 힘든 걸 표현을 잘 안 해가지고. 글로 표출하는게 좋더라고요. 아쉽다.)

예전처럼 잘 못 써요.

그때 쌤이 저한테 왜 그러셨는지 이해가 잘 안 가요.

그때 당시 쌤이 어떻게 얘기하셨냐면,

완득이라는 영화가 있었어요.

쌤이 저에게 물어보시는 거예요. 어떻게 생각하냐고.

근데 그때 애들 앞에서 약간…. 기분 나쁜 말을 했었어요.

그래서 고등학교 때 한 번 찾아가 봤어요.

요즘 어떻게 지내고, 이런 장래 희망을 갖게 됐다.

얘기하는데 선생님께서 그때 넌 재능이 없었다 이렇게

말씀하시는 거예요. 그래서 좀 욱해서 나갈 뻔 했어요.

제가 그때 선생님께 잘 보이려고 공부도 열심히 했거든요.

코피 나올 때까지 공부하고. 근데 그 쌤이 그렇게

말씀하시니까…. 넌 커피나 타라 이렇게 얘기하시고.

솔직히 말하자면요 그 때 심정이 어떤 기분이었냐면

솔직히 말해도 돼요? 너무 비참했어요.

근데 고등학교 1학년 선생님은 잘 만났어요.

저에게 재능있다고 말하신 쌤이 처음이어서.

(선생님 때문에 그렇게 된 거면 너무 아쉽다.)

애들도 맘에 안 들었던 게, 저를 무시하고 왕따하듯이
대했거든요. 애들이 어떤 식으로 대했냐면 쟨 아는 척 하는
애다. 독특한 애다. 이런 식으로 해가지고 기분이 좀
별로였어요. 학교 가는 내내 지옥 같았달까. 가기가 싫어서.
중학교 때 갑자기 전학가서, 갑자기 이사해서 문산중학교에
다니게 됐어요. 거기서 1학년 때 왕따를 당했어요.
사람들이 말도 잘 안 걸고 그래서 성격도 달라지고
예전이랑 달라졌어요.

요즘 어떻게 지내요?

요즘요? 운동하고, 가끔 게임해요.
스토리가 있는 영화 같은 게임이요.
영화를 좋아해서 그런지 모르겠지만 그런 게임을 하고,
가끔 책도 사고. 그렇게 지내요.

(최근에 재밌게 읽은 책 있어요?)

『용의자 x』? 그거 재밌게 봤어요. 영화도 다 봤어요.
중국 일본 한국판 다 봤어요. 일단 일본판이 제일 좋아요.
한국판 중국판은 같으면서도 달라요. 앞부분만 똑같지
후반부가 달라요. 일본판이 제일 원작이랑 가까워요.

(책이랑 영화 중에 뭐가 더 재밌어요?)

솔직히 말하면 책이 더 재밌죠? 상상하는 재미가 있으니까.

또 읽은 책이 대부분 일본 책이거든요.

『고백』이라고 그것도 재밌게 봤어요.

영화로 나왔는데 영화는 아직 안 봤어요.

이것도 스릴러인데, 반전의 반전. 그거 한 번 보시는 거

추천할게요. 처음으로 하루 만에 다 읽은 책이에요.

요즘 나를 힘들게 하는 것은 뭐예요?

뭐…. 일단 옛날생각 자주 나서.

좀, 어떻게 좀 했으면 좋겠어요.

솔직히 옛날에 초등학교 이후로 좋은 기억이 없어서.

그래서 초등학교 친구들 자주 만나요.

이거 좀 상담을 받아야 하나 그런 생각도 들고.

트라우마 같기도 하고. 약간 좀 힘들어요 우울해진달까.

여기 고등학교 오길 정말 잘했다고 생각한 게,

담임쌤이 인생에 도움 되는 좋은 말을 많이 해주셨어요.

작년에 바리스타 선생님 만나서 제 진로가 정해지고

다 좋은데 자꾸 옛날 생각이 나서….

이걸 어떻게 해야 할지 생각도 많이 해요.

나만의 우울함을 이기는 방법?

자는 거랑 음악 듣는 거요. 팝송? 빌리버 자주 들어요.
그리고…. 영화 보고 해석하는 거?
가끔 게임하고. 어디 나가서 친구들도 만나고.
하지만 완전히 해소는 안 되니까, 잠깐 잊어버릴 뿐이지.
저도 어떻게 좀 했으면 좋겠네요.

어떤 걸 하면 행복해져요?

운동할 때? 스트레스가 풀린달까. 이게 어떤 느낌이냐면
처음에는 졸리고 귀찮고 가기 싫어도 막상 하면 좋거든요.
그리고 게임할 때? 딱히 뭐 그것밖에 없어요.

독서모임에 어떻게 참여하게 되었어요?

그냥 뭐 솔직히 방학 때 할 것도 없고.
한번 뭐 독서 모임이라니까.
저도 책 좋아하고 그래서 참여하게 됐어요. 관심도 생기고.

책에 대한 나의 생각은?

소설 같은 거 읽을 때 주인공이 어떤 행동을 하는지 상상하
는 재미가 있어요. 책을 통해 많은 걸 배우게 되고.
인생의 교훈 같은 거.

책을 통해 얻고 싶은 점?

책을 통해 좀 자유로워졌음 좋겠어요.
트라우마에서, 그런 게 많이 해소됐으면 좋겠어요.

솔직히 제가 책을 안 읽었거든요.
중학교 때 저를 도와주던 친구가 있는데 영화 얘기는 이제
안 하니까 그 친구가 한번 책 볼 생각 없냐 하며 권했어요.
제가 한 번 읽어보겠다 해서 읽었는데 되게 재밌는 거예요.
거의 그 책만 한 달 동안 읽었고 그때부터 책을 읽게 됐어요.
그래서 그 친구에게 되게 감사하고 있어요.
지금도 연락하고 있고.
좀 우울할 때 많이 옆에 있어 준 친구에요.
공부도 안 하고 있던 상태였는데 공부도 도와주고.

모임에 기대되는 점?

새로운 책도 알고 서로 책에 관해서 얘기할 수 있는 거요.
얘기를 잘 안 할 뿐이지, 사람들이랑 대화하는 거 좋아해서.
그게 기대돼요.

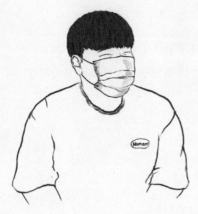

율곡고 1학년 심근수 학생

"

저는 너무 큰 꿈이긴 한데,
대한민국에 있는 모든 사람과 친해지고 싶어요.

"

간단히 자기소개 해주세요!

저는 율곡고 1학년에 재학 중인 심근수라고 합니다!

요즘 어떻게 지내요?

요즘에요? 요즘에⋯. 코로나 때문에 밖에 잘 못 나가죠.
주로 제 집과도 같은 사무실에 있어요.

요즘 나를 힘들게 하는 것은 뭐예요?

자존감이 너무 낮아졌어요.
제가 사무실에 있다 보면 저보다 다 나이가 많으신데
'내가 여기 있어도 되나?'라는 생각을 하게 되면서⋯.
내가 너무 나이에 맞지 않은 행동을 하고 있나?
싶어서 자존감이 낮아졌어요.

(옆의 건희: 그만큼 뛰어난 인재인 거지.)

그만큼 뛰어난 인재래요.

나만의 우울함을 이기는 방법?

그냥 가족들하고 다 같이 얘기하고 있으면 되게 재밌고
웃음이 많이 나요. 그래서 우리 가족이 좋은 것 같아요.

어떤 걸 하면 행복해져요?

제가 한 행동으로 인해서 누군가 행복을 느끼고
좋은 감정을 느끼면 뿌듯하고 행복한 것 같아요.

독서모임에 어떻게 참여하게 되었어요?

율곡고등학교에서 온라인 클래스 하기 전날에,
누나가 학교에 오셨잖아요? 그 때 신청하게 됐죠.

책에 대한 나의 생각은?

책은 저의 미래를 위해서 생활기록부를 만들어주는 수단이
라고 생각했거든요?
근데 이제 저는 생각이 좀 바뀌는 중이에요.
지식을 넓혀줄 뿐만 아니라 생각의 폭을 넓혀주는 책으로요.

(왜 바뀌었어요?)

제가 읽은 책이 있거든요? 2학기 때 수행평가로
<10대를 위한 정의란 무엇인가>라는 책이 있었는데
그 책을 읽고 아 그럴 수 있겠구나 했어요.

책을 통해 얻고 싶은 점?

저는…. 문학이랑 좀 멀어요. 솔직히 예술도 모르고,
아무것도 몰라요. 예체능은 체육밖에 할 수 있는 게 없고
그림 그리라고 하면 3살보다 못 그리는 정도고.
그래서 저는 지식을 더 알고 싶긴 한데
제 생각을 일깨워줄 수 있었으면 좋겠어요.

모임에 기대되는 점?

해바라기 축제 초반에 누나가 독서모임 설명해주셨을 때
'아, 코로나 단계가 괜찮으면 대면으로 재밌게 할 수 있겠다'
했었는데. 근데 이제 단계가 올라가면서 다 줌으로 바뀌었
잖아요? 빨리 단계가 내려가서 대면으로 재밌게 했으면
좋겠어요. 다들 친하지만 한 분 안 친한 분이 계시잖아요?
그 사람도 친해지고 싶은 그런 느낌.

(그 사람이 승원 학생인가요?)
네네. 저는 너무 큰 꿈이긴 한데,
대한민국에 있는 모든 사람과 친해지고 싶어요.

(엄청난 포부가 있는데?)
살짝 그러고 싶은 마음이 있어요.
솔직히 저 학교에서 거의 모르는 사람 없잖아요.
인정? 없잖아요. 그쵸? 모르는 사람 없어요-
그게 살짝 나쁜 거라면 나쁜 거고 좋은 거라면 좋은 건데.
저는 좋게 생각하고 싶은 그런 마음.

(사람을 되게 좋아하는구나.)
네. 그래서 얘기하는 걸 되게 좋아해요.
원래 카페에 남자들끼리 가면 말 1도 안 하잖아요.
핸드폰만 보면서. 근데 저는 카페 가면 저부터 말하고
이제 얘들이 말문을 트면서 분위기가 재밌게 되는.
주변 사람들도 그렇게 생각해줬음 좋겠는데,
어떤 사람들은 깝친다 생각할 수도 있어요.
근데 그건 그 사람 생각의 자유니까.

(그런 근수의 성향 때문에 사업가가 되고 싶었던 거예요?)

네. 그리고 사업가를 하면서 저는 캠핑장을 운영하고 싶어요.

왜 캠핑장을 하고 싶냐면 캠핑장은 약간 가족 단위?

혹은 친구, 연인과 오는데 주로 가족 단위 분들이 많잖아요?

그 가족 단위 아기들과 캠핑장에서만이라도 재밌고 행복하게

있는 걸 보면 제가 더 뿌듯하고 행복할 것 같아서요.

율곡고 1학년 김건희 학생

"

책에는 사람들의 경험이나 알려주고 싶은 점이 많잖아요.
그거를 읽고 실생활에 옮겨서 나도 할 수 있을까?
라는 상상도 해볼 수 있고,
실천해서 그런 경험을 할 수 있다는 점이요.

"

간단히 자기소개 해주세요!

율곡고등학교에 재학 중인 김건희입니다.

요즘 어떻게 지내요?

그냥 코로나 때문에 밖에 나가질 못하니까
학원 갔다가 집 왔다가 계속 이 일상이 반복되는 것 같아요.

요즘 나를 힘들게 하는 것은 뭐예요?

밖에 안 나가다 보니까, 사람들과 이야기를
원래도 잘 못 하긴 하는데, 이야기를 하고 싶은 마음은
있는데 사람을 만나면 안되니까. 그게 좀 힘든 것 같아요.

나만의 우울함을 이기는 방법?

원래도 혼자 있는 걸 되게 좋아하는데, 그냥 방에서
혼자만의 시간을 가지면 치유가 되는 것 같아요.

어떤 걸 하면 행복해져요?

친구들하고 놀 때가 가장 행복하지 않나….
그리고 가족들하고 이야기 나눌 때? 그때가 제일 행복해요.

독서모임에 어떻게 참여하게 되었어요?

원래 할 마음은 조금 있었는데 근수가 같이 하자고 해서.
이왕 이렇게 된 거 해보자. 라는 마음으로. ㅎㅎ

책에 대한 나의 생각은?

어렸을 때는 되게 책을 좋아해서 부모님과 도서관에
자주 갔는데, 시간이 지날수록 책을 거부하게 되는 것 같아서.
만화책만 읽고 그랬는데, 가끔 한 번씩 읽으면 지식을
깨워주는 느낌이 들어서 좋은 것 같아요.

책을 통해 얻고 싶은 점?

책에는 사람들의 경험이나 알려주고 싶은 점이 많잖아요.
그것을 읽고 실생활에 옮겨서 나도 할 수 있을까?
라는 상상도 해볼 수 있고,
실천해서 그런 경험을 할 수 있다는 점이요.

모임에 기대되는 점?

인간관계의 발전…. 인간관계가 좋아질 수 있을까?
라는 것을 생각하고 있어요.

학생들과의 인터뷰가 오늘 끝났다. 어떻게 하면 더 좋은 걸 줄 수 있을까. 한 학생 한 학생의 이야기가 너무 소중하고 감사했다. 오히려 배우는 기분이 들었다. 어떤 호칭으로 불려야 될지 고민된다. 미리 축제에서 만난 은선이와 근수는 편하게 언니, 누나라고 부르지만 다른 아이들은 선생님이라 부를지 똑같이 언니, 누나라고 부를지 고민한다. 선생님은 내게 너무 과분하게 느껴졌다. 가르치는 입장이 아닌, 같이 참여하고 배우는 입장이기 때문이다. 문득 든 생각인데, 왜 나이만 많으면 다 가르치려고만 하는 걸까. 오히려 배워야 할 점이 이렇게나 많은데. 시간이 흐르고 여러 상황을 지나오면서 점점 방어적인 태도를 취하고, 사람을 진심으로 대하는 것이 힘들어진다. 그렇게 현재의 내가 잃어버린 순수함을, 깨끗한 마음씨를 가지고 있다. 오히려 그런 태도로 대하면 아이들이 마음의 문을 닫고 상처를 받게 된다. 맑은 연못에 무심코 던진 돌 하나가 큰 파장을 이루듯 우리는 작은 돌 하나를 조심해야 한다. 내가 던진 돌로 인해 상처받은 과거의 나 자신이기도 하니까.

2021. 07. 28 서진 일기

밑줄 그은 문장 인용도서
데일 카네기, 『데일 카네기 자기관리론』, 자화상, 2020
양원근, 『부의 품격: 착하게 살아도 성공할 수 있다』, 성안당, 2021

0 주차

모임 시작 전 규칙

NAME: 조서진   DATE: 21 . 07 . 12

0주차 규칙

걱정할 시간에
생산적인 일로 바쁘게 움직이자

밑줄 그은 문장

- 저는 사람이 어떠한 계획과 생각이 필요한 일에
몰두할 때에는 걱정할 틈이 없다는 사실을 깨달았습니다.

- '도서관과 연구실에서 찾을 수 있는 평화'
도서관이나 연구실에 있는 사람 대부분이 자기 일에
몰입한 나머지 걱정할 틈이 없기 때문이다.

- 아무리 머리가 좋은 사람이라도
한 번에 하나 이상의 생각을 할 수 없다는 것이다.
하나의 감정이 다른 감정을 몰아내기 때문이다.

- "절망의 늪에 빠지지 않으려면 행동에 몰두하라"

- '자연은 진공 상태를 싫어한다.'
자연은 진공 상태의 정신을 채우기 위해 밀려온다.
무엇으로 채워질까? 대부분은 감정이다.

- 걱정을 치료하는 방법은 건설적인 일을 하는 데
완전히 몰입하는 것이다.

- "주어진 일에 몰입하는 순간에는 평온함 혹은 깊은 내면의 평화, 그리고 행복한 무아지경 상태가 인간이라는 동물의 신경을 안정시켜 준다."

- "절망의 늪에 빠지지 않으려면 나는 행동에 몰두해야 한다."

- "목적 없는 날들을 보냈다면 인생 자체가 무너졌을 것이다."

- "비참해지는 비결은 자신이 행복한지 아닌지 고민할 여유를 주는 것이다."

걱정하는 습관을 없애는 방법 1
늘 바쁘게 움직여라. 걱정거리가 있는 사람이
절망의 늪에 빠지지 않으려면 행동에 몰두해야 한다.

『데일 카네기 자기관리론』中

7.12

나의 걱정은 포스터를 돌렸는데 직접 연락 온 학생이 없었다는 것과, 코로나 4단계 격상으로 예정된 방학식 날짜 이전에 학교에 나오지 않아 홍보할 기간이 촉박해졌다는 점이다.

과연 학생들을 이 기간 안에 다 모을 수 있을까? 우선 내가 당장 할 수 있는 일을 생각해봤다. 행동으로 옮겨 무작정 학교로 찾아가는 것. 다행히 학교에는 선생님들과 2, 3학년 학생들이 있었다. 일단 포스터를 몇 장 챙겨서 진로상담실에 갔다. 진로상담 선생님께 독서 프로그램에 관한 이야기를 설명해드렸고, 선생님은 같이 학생을 모집할 방법을 고민해줬다. 선생님이 갑자기 2학년에 수업 없는 반이 있을 것 같은데 혹시 들어가서 설명할 수 있겠느냐고 물었다. 아무런 준비가 되어있지 않아 당황했지만 내겐 이틀의 시간밖에 남아있지 않았다. 고민할 여지가 없었고, 선생님과 함께 반으로 들어갔다. 학생들은 친구들과 자유롭게 떠들고 있었다. 진로 선생님이 도와주신 덕분에 학생들이 잠시 내 얘기를 들어줄 시간을 내주었다.

교탁에 서자 심장이 두근두근 떨렸다. "저도 갑자기 말을 하게 되어 아무런 준비가 되어있지 않아 조금 떨리네요"라고 운을 띄우며 계획한 독서 프로그램을 하나씩 설명해주었다. 사실 준비가 되어있어도 떨렸을 것이다. 말을 하기 시작하니 안심이 되어 점점 떨림은 잦아졌다. 다행히 하고 싶은 말을 다 하자 너무 감사하게도 학생 한 명이 "저 참여할래요" 하며 손을 번쩍 들어주었다. 이 학생이 승원이다. 갑자기 다른 학생들도 교탁에 모여 포스터를 유심히 보면서 관심을 가져주었다. 역시 직접 찾아오길 잘한 것 같다. 이어서 2학년 교무 선생님에게 찾아가 프로그램을 설명해 드렸다. 내일도 직접 학교에 찾아가야 할 것 같다. 2명을 더 모집해야 한다.

오늘 느낀 점: 이번 달은 너무 바빠서 걱정할 시간적 여유는 확실히 없을 것 같다. 당장 행동으로 옮겨야 하는 일들이 많다.

7.13

오늘 마지막으로 학교에 한번 더 찾아갔다. 오늘은 아침부터 너무 피곤한 날이어서, 비타음료로 급하게 수혈했다.

이제는 율곡고 가는 길이 익숙하다. 오늘도 조심스럽게 진로상담실을 찾았고 다행히 선생님이 계셨다. 진로 선생님께 너무 감사한 건, 직접 반에 들어가 독서모임을 소개할 수 있도록 적극적으로 도와주신 것이다. 율곡고에 원래 알던 친한 선생님은 안 계셨지만 적극적으로 도와주신 상담 선생님 덕에 낯설지 않게 학교에 찾아올 수 있었다. 모임은 혼자 추진하는 것이지만 무엇이든 처음 가는 길은 작게 크게 도움을 받으며 나아갈 수 있는 것 같다. 선생님과 대화하던 도중 한 친구가 상담실에 들어왔다. 그 친구가 윤혁이다. 윤혁이에게도 모임을 설명했고, 포스터를 유심히 보더니 하겠다고 말했다. 내 눈빛이 너무 간절해 보였다고 했다. 실제로 간절했던 것 맞다.

오늘도 반에 들어가서 설명하게 될까? 그렇게 해야 할 것 같다. 일단 내가 할 수 있는 일은 하기 힘들거나 어려워도 끝까지 해봐야 한다. 오늘은 1학년 전체 등교 날이어서 1학년 반을 하나씩 들어갔다. 그래도 어제의 경험이 있다고 어렵지 않게 설명할 수 있었지만, 어제만큼의 반응은 없었던 것 같다. 그래도 지루할 수 있는 설명을 잘 들어줘서 고마웠다.

세 반쯤 돌았을 때, 발표를 나서서 잘하는 성격이 아니다 보니 금세 체력이 바닥났다. 마지막 반 앞에서 잠시 쭈그려 앉아 쉬고 있는데, 마지박 반 학생이었던 근수가 나와 여기서 뭐 하고 있냐며 말을 건넸다. 나는 말을 너무 많이해서 힘들다 했다. 근수는 그래서 선생님들이 정말 대단한 거라며, 자기가 열 명은 더 데려올 수 있다고 했다. 실제로 근수는 그럴 능력이 있다는 걸 알기 때문에 말만이라도 얼마나 힘이 되었는지 모른다. 같이 들어가자며 힘을 주었고, 나도 마지막 힘을 내 무거운 몸을 일으키고 반으로 들어갔다. 선생님께서 반에 들어오는 걸 아셨는지 이미 포스터를 칠판에 붙여두셨다. 그저 처음 보는 낯선 외부인일지 모르는데 설명할 수 있도록 자리를 마련해줘서 너무 감사했다. 그렇게 마지막 반에서 건희와 근수의 합류로 모집 인원이 다 채워졌다.

다 채워져서 기쁘기도 하고 짐을 덜었지만, 왠지 모르게 체력을 많이 쓴 느낌이라 지쳐있었다. 집에서 충전하고 밤 산책을 하며 생각했다. 꼭 아이들에게 많은 걸 주는 모임이 되어야겠다. 그러려면 마지막에 가장 큰 힘을 써야 한다. 끝에 갈수록 에너지가 소모되지 않게, 꼭 멋진 마무리를 짓겠다는 다짐을 몇 번이고 반복해서 했다. 나에게 하는 약속이자 아이들을 위한 약속이다. 끝까지 최선을 다하자.

지난 목요일, 첫 오임 OT를 잘 마무리했다. 코로나 단계 상승으로 온라인으로 진행하게 되었다. 직접 얼굴을 보지 못해 아쉬웠는데, 다음 오임 전까지 한 명씩 만나 책과 작은 선물을 주고 간단히 인터뷰하기로 했다. 오임 전까지 책이 도착하지 않아 애를 먹었는데 오히려 좋게 된 걸지도 오른다.

요즘은 정말 부족한 나와 매일 마주한다. 이것도 부족하고, 저것도 부족하다. 사실 책을 읽으면 읽을수록 그런 기분이 더 잘 느껴진다. 나 자신의 생각과 판단은 오류의 소지가 넘쳐난다. 책은 그 객관성을 수많은 예를 통해 보여준다. 그러면 내가 얼마나 좁은 세계에 살고 있었는지 깨닫고 하나하나 돌아보게 된다.

정답을 찾으려 할수록 정답이 없다는 걸 알게 되는 건 왜일까. 지금은 처음 하는 것투성이다. 그래서 더 부족함을 잘 느낄지도 오른다. 하지만 수많은 경험이 쌓여도 계속 부족함을 깨닫게 되길 바란다. 완벽하다고 생각할 때가 가장 위험하기 때문이다. 세상에 완벽한 것은 없다. 그래서 부족함을 알아야 개선이 가능하다.

지금은 그저 그 양이 많을 뿐이라고 생각한다. 주눅이 들기보단,
내가 하려는 것에 욕심을 내려놓고 한 계단씩 천천히 쌓아가려
한다. 끝까지 마무리 짓는 것에 책임을 다하고 싶다. 그게 다이
다.

1차 규칙

NAME: 조서진   DATE: 21. 07. 29

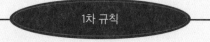

1차 규칙

내가 원하는 직업 조사하기

- 첫째, 어떻게 돈을 벌 것인가?

- 먼저 여러분이 즐길 수 있는 일을 선택하라.
"일하면서 즐길 줄 알아야 합니다. 일을 즐기게 된다면 오래
일을 한다 해도 일처럼 느껴지지 않으니까요. 마치 놀이처럼
느껴질 겁니다."

- "자신의 천직을 찾은 사람은 축복받은 사람이다. 그러므로
더 이상의 축복을 바라지 말라."

- 하지만 그들은 제안을 할 뿐이다. 결정은 여러분의 몫이다.

- 자신의 상식에 따라 결정을 내리는 것이 필요하다.

- 몇 주간, 혹은 몇 달간 그 직업에 대해 모든 것을 조사해보
라.

- 어른들은 젊은 사람들에게 충고하는 것을 좋아한다는 사실
을 기억하라.

『데일 카네기 자기관리론』 中

- 가족 간에 언쟁을 일으킬 수도 있겠지만 나는 젊은이들에게 이렇게 말하고 싶다. 가족이 원한다는 이유로 어떤 직업이나 직종을 선택해야 한다고 생각하지는 말라. 하고 싶은 분야가 아니면 시작도 하지 말라. 하지만 부모님의 조언에 대해 심사숙고하라. 그분들은 여러분보다 두 배는 더 사신 분들이다. 그리고 많은 경험과 오랜 세월을 통해서만 얻을 수 있는 지혜를 가지고 계신다.

- 하지만 최종적인 판단은 여러분이 내려야만 한다. 선택한 직업을 통해 행복해지거나 불행해지는 것은 결국 여러분 자신이기 때문이다.

『데일 카네기 자기관리론』 中

7.30

원하는 직업은, 아직 구체적이기보다 '책과 함께하는 직업' 정도가 될 것 같다. 인터넷 서점에서 책을 구경하는데 『부의 품격 : 착하게 살아도 성공할 수 있다』라는 책 제목에 눈길이 갔다. 상세 정보를 보기 위해 책을 클릭했는데 마침 책 저자가 출판기획 전문가였다. 현재 독서모임을 기획하고, 책 만드는 것을 기획하고 있기에 마음가짐에 도움을 얻을 수 있겠다는 생각이 들었다.

책 소개를 읽다가 '선의지'라는 단어가 맘에 확 와닿았다. 어떤 일이든 선한 동기가 우선되어야 한다는 생각을 하고 있었기 때문이다. 선의지는 선을 행하고자 하는 순수한 동기에서 나온 의지를 뜻하는 말로, 독일의 철학자 임마누엘 칸트(Immanuel Kant)가 처음 사용한 개념이다. '선의'와 '실행력'을 뜻하며, 반드시 실천하고자 하는 의지가 수반되어야 한다고 쓰여 있었다. 배울 점이 많을 것 같아 이번 주는 규칙을 지키기 위해 이 책을 완독하기로 하고 바로 구매했다.

8.4

틈날 때마다 책을 읽고 드디어 오늘 완독했다. 다 나열하기 힘들 정도로 많은 걸 배웠다. 7쪽의 "반드시 실천하고자 하는 의지가 수반되어야 한다. 실천적이고 능동적인 의지까지"를 읽고 마음속에 선의를 간직만 하는 것이 아닌, 이 모임을 통해 행동으로 실천하자는 의지를 다시 한번 다짐했다.

앞으로도 살아가면서 계속 들여다볼 문장이 많았다. 선한 사람이 성공하길 바란다는 저자의 말처럼, 나 또한 그것을 바란다. 선의지를 통해 '착한 마음은 약하다'라는 통념이 '착한 마음은 무엇보다 강하다'라는 인식으로 바뀌었으면 좋겠다. 실제로도 그렇기 때문이다. 악은 자신의 약한 마음에서 비롯된다. 저자는 선의 강함을 자신의 삶으로 이미 증명했다.

읽으면서 반성도 하고, 깨닫기도 하면서 무엇보다 의미 있는 일주일을 보냈다. 밑줄을 많이 그어서 따로 정리해두려고 한다. 이런 분이 있어서 우리나라 책의 미래가 환하게 느껴졌다. 선한 영향력은 무엇보다 강한 힘을 가지고 있었다. 책으로 인해 변화되길 바라는 마음, 변화될 것이라 믿는 마음은 작가와 함께 단단하게 지켜나가고 싶다.

소개하고 싶은 문장 몇 개를 공유한다.

p.25
비즈니스에서도 '우리'가 성공했을 때 나와 상대가 각각 빛날 수 있다. 나의 손익 계산만 앞세울 때 가장 치명적인 문제점은 우리를 볼 수 없다는 것이다. 나만 보이고 상대방은 실종된다.

제대로 된 거래는 나와 상대방, 즉 우리가 함께 원원하는 것이다.

칸트는 "나 자신이든 다른 사람이든 인간을 단순한 수단으로 다루지 마라. 인간은 언제나 목적으로 다루도록 하라."라고 했다.

p.28

에너지 뱀파이어에게 처참하게 당하고 나면 급기야 자신의 착한 마음가짐을 포기하고 만다.

그가 다시 연락할 때는 나에게 다시 원하는 게 있을 때다.

'착함'의 바람직한 정의는 묻지도, 따지지도 않는 희생이 아니어야 한다. 타인의 입장을 이해해 주고 선의를 베풀어 주는 것이지, 자신을 전혀 돌아보지 않고 목숨이나 재산, 명예 등을 바치거나 버리는 희생과는 거리가 멀어야 한다.

『부의 품격 : 착하게 살아도 성공할 수 있다』中

NAME: 장은선   DATE: 21 . 07 . 29

1차 규칙

다른 사람을 기쁘게 만들어주자

- 거짓말을 하지 않고 도둑질을 하지 않고 말을 잘 들으면 오래오래 함께 할 수 있다고 말했습니다.

- '물러서지 않고 싸우는 것보다 물러설 수 있는 사람이 큰 사람이라는 사실을 항상 명심해라'

- '매일 어떻게 하면 다른 사람을 기쁘게 할 수 있을지 생각해보라'

- "선행이란 다른 사람의 얼굴에 즐거운 미소를 만드는 것이다."

『데일 카네기 자기관리론』 中

8.1

지인이 고민 때문에 힘들어하고 우울해해서 웃게 해주고 싶다고 생각했다. 그래서 농담도 하고 다른 얘기도 했더니, 조금은 정리가 된다고 고맙다고 말했다.

8.3

삼촌이 등목하고 싶다고 해서 "그럼 제가 해줄까요?"라고 제안했다. 당시엔 거절했지만, 나중에 얘기를 들으니 그렇게 말해줘서 고마웠다고 했다. 그래서 오히려 내가 기뻤다.

8.3

강아지를 씻기기 위해 샴푸도 사 오고 같이 산책도 했다. 이곳저곳 돌아다니며 신기해하는 모습을 보고 보는 나도 뿌듯했다.

내가 누군가를 기쁘게 해주고 웃음 짓게 만드는 게 뿌듯하고 좋은 일이라는 것을 느꼈다. 앞으로도 이 규칙을 머릿속에 되뇌면서 계속 실행해도 좋을 것 같다고 생각했다. 방학이고 코로나 때문에 밖에 나가지 못해서 규칙을 정하고 제대로 실행하지 못해 아쉽고 부족하다고 생각했다.

NAME: 정윤혁　　　　　　　DATE: 21 . 07 . 29

1차 규칙

무슨 직업으로 살아갈 것인지
생각해보기

- 만일 여러분이 18세 이하라면 여러분은 머지않아 인생에서 가장 중요한 결정 두 가지를 하도록 요구받을 것이다. 그 결정으로 여러분의 인생은 매일 매일 바뀔 것이고 여러분의 행복과 소득, 건강에도 지대한 영향을 미칠 것이며 여러분을 성공시킬 수도 망가뜨릴 수도 있을 것이다.

이 두 가지 결정은 과연 무엇일까? 첫째, 어떻게 돈을 벌 것인가? 농부가 될 것인가, 집배원이 될 것인가, 화학자나 삼림 감시원, 속기사, 가축 중개상, 대학교수가 될 것인가? 간이매점에서 햄버거를 팔 것인가? 둘째, 어떤 사람을 여러분 자녀의 아빠 혹은 엄마로 선택할 것인가? 이 두 가지 질문은 도박과 비슷하다. 해리 에머슨 포스딕은 자신의 책에서 "모든 젊은이는 직업을 선택할 때 도박사가 된다. 자신의 모든 것을 걸어야 한다."라고 말했다.

『데일 카네기 자기관리론』 中

7.30 ~ 8.4까지 나의 꿈에 대해서 생각해보았다.

나는 아이들에게 올바른 역사 지식을 전달해주고, 꿈이 없는 아이들에게는 꿈을 찾아주고 이룰 수 있도록 도와주는 역사 선생님이 되리라 생각해왔다.

그런데 내가 역사를 좋아하긴 하지만 누군가를 가르치고 아이들을 돌봐주는 일이 과연 나랑 맞을까? 라는 생각이 들었다. 주변에서는 내게 선생님이라는 직업이 어울리지 않는다고 말한다. 그래서 교사라는 길을 고집하는 게 맞을지 고민되던 순간에 데일 카네기의 자기관리론에서 "직업 즉 나의 진로를 정할 때는 모든 것을 건 도박사가 되어야 한다"라는 말을 듣고, 나는 그 누구보다 역사를 좋아하고 이러한 역사를 다음 세대에게 올바르게 전달해 주는 일을 해야겠다는 확신이 들었다.

이 책을 읽고 진로를 바꿔야 하나? 라는 나의 큰 고민을 여러 번 오랜 시간 생각하면서 해결할 수 있게 됐다. 주변에 휘둘리지 않고 내가 좋아하는 분야에 나의 모든 것을 건 도박사가 되어 역사 교사라는 나의 진로를 확실히 정한 주간이었다.

NAME: 송승원   DATE: 21. 07. 29

1차 규칙

자신감 있게 살기

일주일간 실행해 본 결과 하고 싶은 일이 많아졌고, 모든 일에 열정적으로 하게 되었다. 이번 주에는 예전엔 하지 못했던 번지 점프에 도전했다. 처음엔 긴장했지만 한번 해보니 떨어질 때 기분이 좋았다. 그래서 한번 더 해보고 싶다.

새롭게 생긴 하고 싶은 일은 스카이다이빙, 윙슈트를 배우는 것이다. 그리고 기타 같은 악기도 배워보고 싶다. 솔직히 예전의 나였으면 관심도 없고 배울 자신도 없었을 텐데 막상 해보니 자신감이 생기고 하고 싶은 게 더 많아진 것 같다.

(밑에 사진은 제가 번지 점프한 사진입니다)

NAME: 심근수   DATE: 21. 07. 29

하루를 살아도 걱정하지 말고 충실히 살자

- 부디 내일 일을 생각해라.

신중히 생각하고 계획을 세워 준비해라.

하지만 걱정은 하지 말라.

『데일 카네기 자기관리론』中

7.29

오늘은 내 규칙을 적용한 첫날이다. 그래서인지 규칙을 지키기 힘들었다. 왜냐하면 나는 원래 계획적으로 살려고 노력하기 때문에 하루만 보고 충실히 살라는 것은 나한테 너무 어려웠기 때문이다. '내일은 내가 어딜 가지?'라는 걱정부터 시작해서 오만 가지 생각이 든다. 두뇌에서는 '걱정하지 말자', '오늘만 생각하자'라고 말하지만 그것이 쉽지 않았다. 그래도 나는 내 규칙을 지키기 위해 노력할 것이다. 나같이 걱정 많고 내일을 걱정하는 사람들한테 이 규칙을 한 번만 적용해보라고 권하고 싶다.

7.30

오늘도 나는 내 규칙을 지키려고 노력했다. 둘째 날인 오늘은 그래도 어제보다는 지키기 쉬웠다. 하지만 내 규칙이 쉬운 규칙이라는 것은 아니다. 아직 둘째 날이어서 그런지 내일 일을 생각은 했지만, 걱정은 하지 않았다.

다른 사람이 내 규칙을 똑같이 적용한다면 나는 한가지 팁(tip)을 주고 싶다. 그 팁은 머릿속으로 내일 일을 계획은 세우지만, 계획만 세우고 생각하지 않는 것이다. '뭐 내가 내일 알아서 잘하겠지!', '나라면 잘할 수 있을 거야'라고 속마음으로 말한다면 이 규칙이 쉽다고 느껴질 수도 있다.

원래 나는 내일 일을 걱정하던 사람이다. 하지만 이 규칙을 일상생활에 적용해보니 너무 좋았다. 왜냐하면 나는 원래 일어나자마자 내일은 뭐 하고 어디 가고를 먼저 생각하고 걱정했다. 정작 오늘은 12시간이나 더 남았는데 말이다.

근데 이 규칙을 적용하고 나서 일어나면 '오늘은 어디를 가야하고'라는 오늘의 계획을 세우곤 한다. 일주일 전만 해도 일어나면 내일 일을 걱정하던 사람이 책 한 권으로 변할 수 있다는 것을 알게 되었고 내일 일을 걱정하지 않으니 피곤함도 그 전보다 많이 없어졌다. 지금의 고등학생들 대다수가 자기의 공부 계획을 세우곤 한다. 나는 "계획만 세워!"

라고 말하고 싶다. 공부 계획을 세우고 우리는 그 계획의 세부 사항을 생각한다. 하지만 계획만 세우면 내가 알아서 스스로 한다는 것을 알게 되었다. 만약 지금 이 글을 읽고 '스스로 안 하면 어쩌지?'라고 생각하는 사람은 자기 자신이 성실하지 않다는 것을 인정한 것과 다름이 없다. 나는 내일도 이 규칙을 적용하여 오늘을 살 것이다.

7.31

오늘은 내 규칙을 적용한 지 3일째 되는 날이다. 오늘은 주말이어서 집에만 있기 때문에 별로 걱정을 할 게 없었다. 하지만 그것은 큰 착각이었다.

나는 오늘 게임을 했다. 근데 게임을 시작한 지 한두시간 정도 되었을 때 문득 '아, 이래서 게임중독이 늘어나는구나'라고 생각하며 나 자신에게 물었다. '넌 게임중독인 것 같니?'라고. 근데 난 대답하지 못했다. 왜냐하면 나는 게임 중독이라고 하기엔 게임을 그렇게 많이 하는 편도 아니고, 게임 중독이 아니라고 하기엔 게임을 안 하는 편도 아니었기 때문이다.

이 생각을 하고 보니 나는 너무 어중간했다. 중학교 내신 성적만 어중간했다면 난 이렇게 생각하지 않았을 것이다.

나한테 어중간한 것이 너무 많았다. 스포츠도 다 중간은 하는데 잘하는 종목은 하나도 없었다. 공부도 중간은 하지만 잘하는 과목은 하나도 없었다. 그래서 이런 걱정을 하고 있던 순간 내 머릿속에 무언가가 지나갔다.

그것은 바로 "어차피 네가 이렇게 걱정해봤자 답은 안 나와"라는 말이었다. 맞다. 이렇게 걱정해봤자 답은 안 나온다. 그러니 경험을 더 많이 해보자는 결론이 나왔다. 내가 이런 결론이 나올 수 있었던 이유는 규칙을 생각하고 삶에 적용했기 때문이라고 생각한다. 그래서 나는 친구한테 내 규칙을 말해주며 너도 한번 속는 셈 치고 해보라고 말했다. 그 친구는 단칼에 거절했다. ㅜㅜ 그래도 이 규칙이 좋지 않다는 생각은 안 한다. 난 이 규칙이 좋다.

8.1

오늘은 내 규칙을 삶에 적용한 지 4일째이다. 그리고 동시에 8월의 첫날이다. 우리 율곡고등학교는 지금 방학 중이다. 개학 날짜가 다가올수록 너무 싫다. 하지만 규칙을 삶에 적용한 이후 생각이 변했다. 나는 더 담담하게 받아들이기 시작했다. "개학일이 오면 왜? 그냥 학교 가고 전처럼 살면 되지"라고 말이다. 규칙으로 인해 나의 사고방식이 변했다고 느꼈다. 왜냐하면 중학생 때는 방학이 시작되고 개학일이 다가오면 걱정부터 했다. 하지만 지금은 완전히 다르다. 개학일이 오는 것은 원래 예정되었다. 그러므로 개학일이 조금씩 다가오는 것은 당연하다는 식으로 걱정을 하지 않기 위한 답을 찾고 있었다.

그래서 나의 답은 담담하게 받아들이는 것이다. 그 문제에 대해서 걱정하고 좌절해봤자 우리에게 돌아오는 것은 없다. 그래서 담담하게 받아들이면 문제의 답을 찾기 위해 생각하고 사고한다. 난 이것을 깨닫고 일상에 적용하고 있다. 규칙으로 인해 내 인생의 길도 조금씩 보이는 것 같다. 처음엔 나의 미래가 깜깜하고 어두운 줄만 알았다. 하지만 나에게도 한 줄기 빛은 있었다. 그래서 난 그 한 줄기 빛을 따라 미래를 설계할 것이다. 물론 이것이 힘들 수도 있다. 하지만 나는 담담하게 받아들임으로써 그것을 이겨낼 것이다.

8.2

오늘은 8월의 두 번째 날이자 내 규칙을 적용한 지 5일째 되는 날이다. 나는 오늘 아침 일찍 일어났다. 나는 왜 오늘 학원을 가야 하며 왜 아침 일찍 일어났는가에 대해 화가 났다. 오늘 아침에 일어난 시간은 오전 6시다. 평소 같으면 오후 12 ~ 1시 사이에 일어나야 정상인데. 6시에 일어나서 물을 마시고 방에 들어오니 졸려서 다시 잠이 들었다. 결국 일어난 시간은 12시 36분이었다. 아침인지 점심인지 모를 밥을 먹고 샤워를 한 뒤 난 학원을 가기 전에 친구들을 만나러 집을 떠났다.

근데 문득 '내가 왜 마스크를 써야 하지?'라는 생각을 했다. 뭐 마스크는 내 안전과 타인의 안전을 위해 쓴다고 해도 마스크를 써야만 하는 상황은 왜 만들어졌는지, 이대로 마스크를 쓰지 않는 날이 안 오지는 않을까라는 생각이 집을 나설 때 들었다. 그래서 나는 처음부터 걱정했지만, 점차 내 규칙처럼 걱정하지 않기로 했다. 우리가 코로나 이전에 당연하다고 느꼈던 것들이 지금은 당연하지 않은 것처럼, 이젠 마스크가 당연하다고 느낄 때 마스크를 쓰지 않는 날이 오지 않을까? 하면서.

나는 오늘도 내 규칙을 지키는 방법을 터득하며 살아가고 있다. 이 규칙은 이번 주에만 적용하는 것이 아니라, 내 인생이 마감하는 날까지 적용하고 싶다.

8.3

오늘은 규칙을 적용한 지 6일째 되는 날이다. 왠지 모르게 내 규칙을 지키기 위한 방법을 터득해서 그런지 오늘 너무 속 시원하게 일어났다. 나는 원래 일어나면 늘 그랬듯 내일 일을 생각했다. 하지만 오늘을 충실히 사는 것이 규칙이기 때문에 나는 '생각하지 말아야겠다'라고 생각했다. 그리고 오늘 할 일을 계획했다. 이때 문득 '어! 왜 내가 변한 거지?'라는 생각을 하게 되었다.

이 생각을 하게 되면서 책에 대한 생각 또한 변했다. 중학교 시절에는 그냥 재미없고 생활기록부를 쓸 때 기록하기 위한 수단으로만 생각했다. 하지만 지금은 우리를 변화시킬 수 있는 것이 책이구나 하고 감탄했다. 책이 한 사람을 변화시킬 수가 있네 하며 생각에 잠겼다. 그래서 이 독서 모임은 내 인생에서 뜻깊은 모임이 될 것 같고, 독서모임이 꼭 재미없는 것만은 아니라는 생각을 하게 되었다.

갑자기 독서모임의 엽서 사진 촬영을 걱정했다. 왜냐하

면, 저번 주까지는 날씨가 좋지 말라고 해도 날씨가 좋았다. 반대로 이번 주에는 주간 일기예보에서 날씨가 안 좋다고 나와 있어도 예보가 맞지 않아 참 난감한 상황이 연출된 것이다. 그래서 그것으로 인해 걱정하기 시작했다. 하지만 내 규칙대로 걱정하지 말기로 했다. '뭐 알아서 되겠지'라고 내 규칙을 지키며 오늘도 하루를 살았다.

8.4

오늘은 내 규칙을 내 삶에 적용하고 후기를 쓰는 마지막 날이다. 이 글을 읽고 있을 조서진 누나에게 감사하다고 말하고 싶다. 해바라기 꽃밭 축제에서 독서모임에 대해 몰랐다면, 나는 인생에서 정말 좋은 기회를 놓칠 뻔했기 때문이다.

이렇게 생각하는 이유는 17년을 살면서 누군가로 인해 내가 변화될 줄은 상상도 하지 못했기 때문이다. 책으로 인해 내 삶에 좋은 영향을 끼칠 수 있다는 것도 처음 느꼈다. 그리고 우리 독서모임을 함께하는 선배 그리고 친구에게 고맙다고 말하고 싶다. 이 독서모임은 나 하나가 있어 만들어진 것이 아니다. 우리 모두가 함께 있었기 때문에 이렇게 값진 모임과 기회를 만들 수 있었다.

독서모임이라고 하면 재미없다고 생각하는 것이 당연하다. 근데도 독서모임을 하겠다고 한 분들이 참 좋다. 내 규칙에 대한 마지막 후기를 쓰자면 내 규칙은 하루를 알차고 보람차게 보낼 수 있도록 도와주고, 내일 일을 걱정하지 않아도 되는 것이 장점이다. 그렇다고 해서 이 규칙의 장점이 한 가지라는 것은 아니다. 궁금하시면 이 규칙을 적용해 보세요. 이상 심근수의 후기를 끝내겠습니다.

NAME: 김건희   DATE: 21. 07. 29

1차 규칙

어떤 일이라도 열정을 갖고 하자

7.30

이날은 나의 생일이었는데 학원에 가는 날이어서 기분이 좋지 않았다. 그렇지만 저 규칙을 지키기 위해 학원에서 공부를 좀 더 열정적으로 했다. 그렇게 했더니 왠지 모르겠지만 나 스스로가 대견하다는 것을 느꼈고 스스로 뿌듯했다. 기회가 있다면 이 규칙을 한번 더 해보고 싶다.

한번 더 실천한 후기:

학교를 가는 게 귀찮고 힘들지만, 학교 가서 공부를 더 하자라는 열정을 갖고 하니까 집중이 더 잘 되었다. '내가 공부를 이것밖에 못 했어? 더 해야지'라는 오기가 생겼던 것 같다.

학생들과 독서모임을 한 지 2주차가 되었다. 하면서 깨달은 건, 학생들을 생각할 때 진심으로 존중하고 배우는 사람의 자세가 된다는 것이었다. 그래서 나에게 이 일이 정말 잘 맞구나라는 걸 느낄 수 있었다. 매일 일 끝나고 계속 일하게 되는 것도, 일이라는 생각보다 마음이 즐거워서 자연스레 된 것이었다. 나만큼 어쩌면 나보다 더 모임에 애정을 갖고 신경써주는 근수, 테라스에서 이쁜 하늘을 찍어 보내주는 은선이, 사소한 것이어도 감사의 표현을 꼭 하는 윤혁이, 친해지고 싶다며 좋은 영화나 드라마를 추천해주는 승원이, 묵묵하게 자신의 일을 잘 해내는 건희. 개인 프로젝트다 보니 혼자 하는 일이라고 생각했는데 엄청난 착각이었다. 절대 혼자가 아니었고, 오두의 도움을 받으며 힘을 얻고 나아가는 것이었다.

학생들이 책을 통해 도움을 받고, 좋아하게 된다면 더 바랄 게 없을 것 같다.

이 문장을 쓰고 근수가 보내준 글을 읽었는데,
"나는 인생에서 정말 좋은 기회를 놓칠 뻔했다. 17년 살면서 누군가로 인해 내가 변화될 줄은 상상도 하지 못했기 때문이다. 나는 책으로 인해 내 삶에 좋은 영향을 끼칠 수 있다는 것을 처음 느꼈다."라는 문장이 있었다. 글을 읽고 벅찬 감동이 올라왔다. 어떻게 더 바랄 게 없다는 문장을 쓰고 바로 이루어질 수 있지?

2차 규칙

NAME: 조서진   DATE: 21. 08. 05

2차 규칙

책에서 제시한 좋은 작업 습관 세 가지
일상에 적용해보기

- 책에서 제시한 좋은 작업 습관 세 가지

1. 지금 당장 해야 하는 작업과 무관한 서류를 책상에서 치워라
2. 중요한 순서대로 일하라
3. 문제가 발생했을 때, 결정을 내리는 데 필요한 사실을
   알고 있다면 그 즉시 문제를 해결하라. 결정을 미루지 말라.

- 회신하지 않은 편지와 보고서, 온갖 메모로 어수선한 책상
을 보는 것만으로도 혼란과 긴장, 걱정이 발생한다.

- "사람들은 과로로 쓰러지지 않는다. 사람들이 쓰러지는
건 분산된 힘과 걱정 때문이다."

- 찾기 힘든 두 가지 능력
: 하나는 생각하는 능력이고 다른 하나는 중요한 순서대로
일하는 능력

『데일 카네기 자기관리론』中

8.6

오늘은 출근해서 1번 규칙을 지키기 위해 우선 책상을 정리했다. 원래 출근하자마자 전날 못 버린 쓰레기를 바로 버리지만, 오늘은 좀 더 신경 써서 정리했다. 책상에 필요하지 않은 물건이 있는지 확인하고, 플라스틱 재활용 쓰레기를 버리는 김에 분리수거함에 어질러진 플라스틱 컵을 겹쳐놓고, 번지수를 잘못 찾은 쓰레기는 제자리에 보내줬다. 그리고 자리에 앉은 뒤 2번 규칙을 지키기 위해 오늘 해야 할일 목록을 나열했다. 그리고 중요도 순서대로 다시 정리했다.

아침에 만든 총 네 개의 목록 중 두 개만 완료했다. 중요도 순서대로 하지도 못하고, 1번과 3번을 완료했다. 규칙을 만든다 해도 완벽한 실행은 쉽지 않았다. 왜 그렇게 했을까 생각해보니, 일단 내가 오늘 하고 싶은 일을 쓰다 보니 할 수 있는 일과 격차가 컸고, 막상 일하다 보니 아침에 만든 순서가 중요하지 않게 되었다. 그리고 마지막 순서에 쓰인 일은 꼭 뒷전이 된다. 일은 꼭 해야 하는 일, 중간에 새로 생긴 일, 크게 중요하지 않은 일 등으로 나뉘게 된다. 첫 번째로 쓰인 일은 꼭 하게 되는데 마지막에 쓰인 일은 계속 미루게 되는 현상도 발생한다. 다음엔 미루는 습관을 줄이는 연습을 해야겠다.

8.9

오늘은 할 수 있는 일 위주로 계획했더니 6시 안으로 계획했던 일을 다 끝낼 수 있었다. 여유가 남아 책도 읽고, 추가로 하고 싶은 일도 할 수 있는 여유가 생겼다.

8.11

규칙을 지키는 마지막 날이다. 일주일간 실행해본 결과, 1번 규칙은 크게 어렵지 않았다. 아침에 일하기 전 책상을 깨끗이 정리하고, 못 버린 쓰레기는 치우고, 중간중간 필요하지 않은 물건이 책상을 어지럽히진 않는지 확인했다.

2번 규칙은 매일 사무실에 출근하자마자 메모장을 켜고 오늘 할 일을 적는 건 자연스러운 루트가 되었고, 더 신경써서 할 일의 순서를 정해두었다. 순서를 정하고 지키는 건 익숙하지 않았지만, 신경 써서 하다 보니 얼마나 효율이 좋은 것인지 알게 되었다. 순서를 정하지 않았을 땐 일을 하다가도 다른 일이 생각나 확실히 끝맺음하지 못하고 다른 일로 넘어갈 때가 많았다. 확실히 머릿속에 둥둥 떠다니는 할 일들이 바르게 정돈되는 느낌이었다.

3번 규칙은 문제가 생겼을 때, 나중에 생각하지 뭐! 라며 미루는 습관을 바로잡는 데 큰 도움이 되었다. 평소였으면 미뤘을 일도 규칙을 생각하다 보니 미룰 수 없었다. 두 가지 중 고민되는 일은 바로 카톡에 적어두고, 정답을 찾기 위해 도움을 요청하고, 확신이 생긴 후 실행했다. 덕분에 마음에 불편함이 지속되지 않아 다른 일을 시작하는 데 원활해졌다.

이번 주는 규칙을 실행하고자 더 신경 써서 일상에 적용했지만, 앞으로도 규칙을 꾸준히 실행했으면 좋겠다. 어느 순간 내게 당연한 일이 되었을 때 일의 능률이 확실히 오를 것 같다. 원래 엄청 계획적인 사람은 아니었는데, 일이 있다는 건 계획과 누구보다 친해져야 함을 의미했다. 그리고 계획을 잘 다룰 수 있어야 한다. 이 세 가지 규칙은 계획을 잘 다룰 수 있는 좋은 팁이다. 일하면서 앞으로도 꾸준히 지켜나가고 싶다.

NAME: 장은선   DATE: 21.08.05

2차 규칙

내가 옳다고 생각하는 일을 하자

- "마음속으로 네가 옳다고 생각하면 누가 뭐래도 전혀 신경 쓰지 마라."

- "어떤 방법을 써도 비판은 피할 수 없습니다. 마음속으로 옳다고 믿는 것을 하세요. 해도 비난받고 안 해도 비난받는 건 마찬가지입니다."

『데일 카네기 자기관리론』中

8.11

며칠 전에 경민대학교에서 연락이 왔다. 한번 와서 설명
도 듣고 같이 얘기도 해보자고 했는데 생각이 바뀌어서 안
갈까 생각했다. 하지만 가기로 약속했는데 갑자기 안 가면
선생님이 계획한 일정이 틀어지기도 하고, 아무도 안 가면
속상하실 것 같았다. 가서 일상 얘기도 하고 대학에 관해 설
명도 듣고 왔다.

대학은 미리 정해놔서 알아보는 건 크게 어려움이 없었
다. 하지만 학과를 정하는 과정에서 다른 사람을 행복하게
해주는 사회복지과를 갈지, 나를 행복하게 해주는 제과제빵
과를 갈지 고민되었다. 찾아보는 과정에서 부모님과 주변
어른들의 의견도 들어보고 정보를 찾아보며 뭐가 나을지
알아보았다. 그 결과 사회복지과로 가서 수업을 듣고, 남는
시간에 제과제빵 학원에 다니며 자격증을 따는 것으로 결
정했다.

2주 동안 규칙을 정하고 실천하면서 규칙을 좀 더 간단하고
정확하게 세워야 실천하기 수월할 것 같다고 생각했다.

NAME: 정윤혁   DATE: 21.08.05

2차 규칙

일찍 자고 일찍 일어나기

(오전 12시 전에 취침하여
아침 8시~9시 사이에 일어나기)

- 지금 여러분의 모습을 멈춘 뒤 스스로 점검해 보라.

여러분은 이 부분을 읽으면서 인상을 찌푸리고 있지는 않
은가?
두 눈 사이에 긴장이 느껴지는가?
의자에 편히 앉아 있는가?
혹시 어깨를 구부리고 앉아 있지는 않은가?
얼굴 근육이 긴장되지는 않았는가?
여러분의 온몸 구석구석이 낡은 헝겊 인형처럼 흐느적거리
지 않는다면 이 순간 여러분의 신경과 근육은 긴장된 상태
인 것이다.
여러분은 신경성 긴장과 피로를 만들고 있다.

『데일 카네기 자기관리론』中

날짜	8월 5일	8월 6일	8월 7일	8월 8일	8월 9일	8월 10일	8월 11일
취침시간	오전 2시	오전 3시	오전 1시	자정 12시	오후11시 30분	오후 11시	자정 12시
기상시간	오후 1시	오후 2시	오전11시	오전 8시 30분	오전 8시 30분	오전 8시 30분	오전 8시 30분

초반에는 규칙을 잘 지키지 못했지만, 주말이 지나고 규칙을 지키기 위해 더 노력했다. 12시 전에 취침해서 9시 전에 일어나기를 지키고 나니까 아침에 아침 식사를 할 수 있었고, 늦게 자고 늦게 일어나는 날보다 시간을 좀 더 보람 있고 의미 있게 보낼 수 있어서 좋았다.

또한 일찍 자고 일찍 일어나니까 생활 리듬이 일정하게 유지되어서 아침에도 기분이 상쾌했다. 규칙을 지켜나가면서 나도 하면 할 수 있다는 것을 깨닫게 되면서 스스로에게 자신감이 생겼다.

2차 규칙

사소한 일에 신경 쓰지 말자

- 사소한 일에 신경을 쓰기에 우리의 인생은 너무도 짧기 때문입니다.

『데일 카네기 자기관리론』中

사소한 일에 신경 쓰지 않고 뭘 해야 나한테 의미 있는 시간을 보낼 수 있을지 생각해봤다. 생각해본 결과, 내가 예전에 시간이 없어서 못 했던 일들을 하자는 결론이 나왔다.

그래서 첫 번째로 한 일은 기타를 배우는 것이었다. 이때 기타가 없어서 아버지와 상점에 가서 기타를 구매했다. 그리고 주변에 기타를 잘 치는 친구가 있어서 그 친구에게 도움을 요청했다. 아직은 기타 치는 게 어색하지만, 친구랑 연습하고 혼자 유튜브 보면서 연습하고 있다.

그다음으로 한 것은 내가 원하는 커피 메뉴를 만든 것이다. 두 가지 메뉴를 만들었는데 첫 번째로 만든 메뉴는 쿠키 프라페다. 이것은 간단해서 쉽게 만들었다. 두 번째로 만든 메뉴는 내 방식대로 만든 초코라떼다. 원래 초코라떼는 초코 파우더랑 시럽만 있으면 되는데, 나는 여기에 커피를 추가했다. 재미도 있었고 의미 있는 시간을 보낸 것 같아 좋았다.

목표는 열심히 바리스타에 관련된 공부를 해서 다양한 커피를 만드는 것이다. 그리고 기타도 열심히 배워서 다양한 곡을 연주하고 싶다. 알렌 워커의 on my way를 개인적으로 꼭 연주하고 싶다.

　이번 주 규칙을 지키면서 느낀 점은 사소한 일들을 신경 쓰지 않으니까 다양한 경험을 해볼 여유가 생겨서 하고 싶은 일을 했고, 취미가 생겨서 기분이 좋았다.

NAME: 심근수   DATE: 21.08.05

2차 규칙

내 삶에 걱정을 해결해주는 공식 3개를
적용해보기

- 내 삶에 걱정을 해결해주는 공식 3개

1. 스스로에게 일어날 수 있는 최악의 상황은 무엇인가

2. 필요하다면 최악의 상황을 받아들일 준비를 해라

3. 최악의 상황을 개선하기 위해 침착하게 노력해라

- 흔쾌히 인정해라. 이렇게 된 사실을 기꺼이 받아들여라. 왜냐하면 이미 일어난 일을 인정하는 것은 모든 불행을 극복하기 위한 첫단계이다.

『데일 카네기 자기관리론』中

8.5

오늘도 난 적용 후기를 쓴다. 열심히 해야겠다. 난 내 규칙
의 3가지 공식을 순서대로 천천히 적용해볼 것이다. 그래서
공식 3개 중 첫 번째 공식을 오늘 적용해 봤다.

음…. 나에게 일어날 수 있는 최악의 상황을 생각하면, 일
단 학원에 갈 때 버스를 놓치는 것이 나에게는 최악의 상황
이라고 생각했다. 그래서 미리 준비해서 버스시간에 늦지
않고 버스를 탈 수 있었다.

난 이 부분에서 느꼈다. 최악의 상황을 생각하라는 것은
그 최악의 상황을 만들라는 것이 아니라 그 최악의 상황을
예방하기 위해 생각하라는 것이었다. 이 공식을 만든 사람
은 천재라고 느낄 정도로, 나의 머릿속을 읽고 있는 것 같
이 공식을 만들었다고 생각했다. 이 공식을 만든 사람은 최
악의 상황을 경험해본 사람인 것 같았다. 최악의 상황이라
는 기준은 없기 때문에 나만의 최악의 상황을 모두 한 번쯤
은 경험해봤을 것이다. 나는 이런 점에 있어 최악의 상황으
로 몰고 가지 않을 수 있는 이 첫 번째 공식이 신기했고, 적
용하면서 매번 놀랐다.

8.7

오늘은 일어나자마자 해바라기밭의 풀을 잘랐다. 이것은 아침 7시에 시작했다. 12시에 끝내고, 씻고, 점심 먹고 나니까 회장님에게서 전화가 왔다. "근수야, 우리 상인회에서 만들었던 홍보 책에 고리 끼울 수 있냐?"라는 말에 하겠다고 말했다.

하지만 그 책의 양이 무려 6천 권이나 되는 양이었다. 혼자 하긴 무리라는 것을 알고 있었고, 그래서 난 내 친구들을 불러 모았다. 친구들이 무엇을 하면 되냐고 물었다. 난 그 말에 "저기 옆에 산처럼 쌓여있는 저 책에 하나하나씩 고리를 끼우면 된다"라고 말했다. 그러자 친구들의 표정이 점점 어두워졌다. 그래도 일단 시작하고 보자며 반강제적인 노동을 시작했다.

오후 6시쯤 되자 친구들이 피곤해하는 것 같았다. 나는 "내가 혼자 다 할게"라고 말하며 친구들을 집으로 보냈다. 그리고 난 혼자 아주 비참하게 고리를 끼웠다. 그 노동은 오후 9 ~ 10시 사이에 끝이 났다. 나는 여기에서 느꼈다. 공식 세 번째에 나온 "최악의 상황을 개선하기 위해 침착하게 노력해라" 이 말의 이유를 알았다. 나도 위에 상황에서 나 혼자 책의 고리를 끼우고 있었다면 오늘 하루로는 할 수 없었겠다고 느꼈다.

그래서 이 말은 최악의 상황일수록 침착해야 하고, 개선하려고 노력해야 한다. 그리고 이 세 번째 공식이 실천되지 않을 수 있다. 그것은 이상한 것이 아니다. 정상적인 것이다. 하지만 그것이 안 된다고 해서 나를 탓하고 실망할 필요 없다. 그저 그것은 세 번째 공식을 실천하는 단계에 불과하기 때문이다.

그러니까 좌절하고 실망할 필요는 전혀 없다. 오히려 이 단계를 밟아가며 성장하기를 바란다.

8.8

오늘은 또 일어나자마자 마을에 있는 풀을 잘랐다. 보통 인도에 화단이 없는 것을 볼 수 있지만, 우리 마을은 인도에 화단이 있다. 그래서 마을 전체에 있는 화단에 풀을 자르면 풀이 바닥에 떨어져 있다. 그것을 주워서 트럭 뒤에 담는 일을 내가 맡았다.

난 이것이 나에게 최악의 상황이라는 것을 깨달았다. 그래서 난 일단 두 번째 공식인 "필요하다면 최악의 상황을 받아들일 준비를 해라"라는 말을 생각했다. 그 결과 최악의 상황을 받아들이고 아주 성공적으로 일을 끝냈다. 문득 이 공식에서 말하는 최악의 상황이 무엇일까에 대한 고민을 했다. 고민의 끝엔 내가 최악의 상황이라고 느끼면, 그것이 여기서 말하는 최악의 상황인 것이다. 기준이 없으니까 자신이 느꼈을 때 최악의 상황인 것 같다는 생각이 들면, 이 공식을 적용해보고 실천까지 했으면 좋겠다.

8.9

오늘은 독서모임 엽서 촬영이 있는 날이다. 독서모임을 하는 건희와 윤혁이 형과 같이 가기로 했다. 오늘 기온이 34도였다. 그래서 우리는 택시를 타고 법원읍 행정복지센터에 도착했다.

그리고 독서모임을 하는 사람들과 같이 쇠꼴마을로 갔다. 쇠꼴마을에 가서 촌장님과 함께 사진을 찍을만한 장소와 설명을 들으며 발걸음을 옮겼다. 쇠꼴마을 촌장님이 매우 친절하고 정확하게 설명해주신 덕분에 힐링하고 집에 돌아왔다.

이 상황은 최악의 상황은 아니었지만 행정복지센터로 가는 길이 최악의 상황이었다. 난 이 상황에서 세 번째 공식인 "최악의 상황을 개선하기 위해 침착하게 노력해라"라는 말을 생각하며 행동한 끝에 택시를 타고 가자는 결단을 내릴 수 있었다. 누구나 각자 다른 기준으로 최악의 상황을 정할 수 있다. 근데 이건 나에게 진짜 최악의 상황이었다. 왜냐하면 34도의 날씨에 걸어간다는 것은 말도 안 되는 것이기 때문이다. 진짜 걸어가다가 도착하기 전에 내가 먼저 열사병으로 세상과 작별 인사를 할 뻔했다.

8.10

오늘은 가야 2리에서 페인트를 이용해 벽을 칠했다. 오늘은 지속된 폭염으로 안전재난 문자까지 온 상황이었다. 난 이 상황을 어떻게 헤쳐나가야 하는지를 고민했다.

이때는 세 번째 공식인 "최악의 상황을 개선하기 위해 침착하게 노력해라"를 적용해 이 상황을 헤쳐나가야 한다는 것을 느꼈다. 그래서 이걸로 인해 이 상황을 잘 헤쳐나가게 되었다. 그러고 집에 들어와서 씻고 사무실에 가서 책에 고리를 끼우고 학원에 갔다.

근데 난 이 공식이 꼭 세 가지를 한 번에 적용하는 것이 아니라, 상황에 따라 적용해야 하는 공식을 생각하고 그때 상황에 맞는 공식을 적용했으면 좋겠다.

8.11

오늘은 이 규칙을 적용하는 마지막 날이다. 이 규칙을 하면서 느낀 점은 일단 나에게 일어날 수 있는 최악의 상황을 최악의 상황이 일어나기 전에 사전에 생각하고 방지할 수 있다는 점에서 좋은 규칙이라고 100% 확신한다.

지금 코로나 19 상황에 아주 적합한 규칙이지 않을까? 라는 생각을 조심스럽게 해본다. 코로나 19로 인해 최악의 상황을 먼저 생각하고 그 최악의 상황이 일어나지 않도록 방지한다면, 우리는 언젠가 마스크를 쓰지 않고 밖을 나가고 해외여행도 가며 친구, 가족을 편히 만날 수 있는 세상이 오지 않을까?

NAME: 김건희   DATE: 21. 08. 05

2차 규칙

불가피한 일이라면 덤덤히 견뎌보기

학원에 가기 전 말고, 학원에 갔다 온 후에 숙제를 해 봤다. 어차피 못 피할 숙제를 미리 했는데 더 이해가 잘 되고 잘 풀리는 느낌이 들었다. 그래서 이제부터는 학원에 갔다 온 후에 바로바로 숙제해서 이해를 더 빨리하고 싶다.

오늘은 엽서 촬영을 하기 위해 친구들이 모인 첫날이다. 리더 역할을 해본 적이 별로 없기도 하고, 모임은 내가 기획했지만 동등한 입장으로 참여한다고 생각했기 때문에 무언가 이끌어야겠다고 생각하지는 못했다. 즉 나는 카리스마라는 게 딱히 없는 사람이다. 그냥 같이 참여해준 친구들이 좋고 함께 좋은 시간을 보냈으면 하는 마음이다. 내가 할 수 있는 일은 내가 아는 한 좋은 곳에 데려가고 좋은 경험을 하게 해주는 것이다. 예전에 내게 법원읍에서 가장 행복했던 추억으로 자리 잡은 쇠꼴마을 탐방이 생각나 이장님께 학생들을 데려가도 되냐고 여쭤보았다. 이장님은 쇠꼴마을 촌장님을 섭외해줬다. 오늘은 다행히 날씨가 좋지만, 많이 더워서 돌아다니기는 조금 힘든 날씨다. 나의 머릿속에 계획된 것을 아이들과 나누는 것은 꽤 책임감이 필요한 것이다. 여러 걱정이 들었다. 내 생각만큼 아이들이 좋은 시간을 보낼 수 있을까? 촌장님이 너무 덥지 않을까? 송골송골 맺힌 땀방울 하나하나가 이렇게 눈에 잘 들어왔던 적이 있었나? 이끈다는 건 이런 거구나. 하지만 이런저런 사소한 생각들도 다 무색하게 촌장님은 여러 곳을 다니며 보여주셨고, 아이들도 재밌었다고 해주었다.

그래도 여전히 신경이 쓰이는 건 어쩔 수 없나 보다. 음료수 정돈 내가 사도 되는데 미안하다며 끝까지 돈 못 내게 하는 마음 착한 학생도. 찌는 여름이지만, 방학에 색다른 경험과 추억 하나를 안겨주었다면 그걸로 만족해야겠다.

2021. 08.09 서진 일기

3 차 규칙

NAME: 조서진   DATE: 21.08.12

3차 규칙

내가 옳다고 생각하는 일에 최선을 다하고
부당한 비판에 대처하기

(학생들 칭찬하기)

- 부당한 비판은 때때로 변형된 칭찬이라는 사실을 기억하라. 죽은 개는 아무도 걷어차지 않는다.

- "마음 속으로 네가 옳다고 생각하면 누가 뭐래도 전혀 신경 쓰지 마라."

- "나는 내가 아는 가장 좋은 방법을 선택해서 최선을 다하고 있다. 그리고 마지막까지 그렇게 할 것이다. 결과가 좋다면 누가 뭐라 해도 상관없다. 결과가 좋지 않으면 열 명의 천사가 내게 옳다고 해도 전혀 도움이 되지 않을 것이다."

『데일 카네기 자기관리론』 中

8.13

내가 한때 했었던 바보 같은 생각이, 모두에게 사랑받고 싶어 했다는 점이다. 하지만 이젠 알고 있다. 내가 무슨 일을 하든 모두에게 사랑받거나 인정받을 순 없다. 어떤 확신을 가지고 내디뎠을 땐 반대 의견 또한 피해갈 수 없다. 결국 선택도 책임도 나에게 있다. 그 선택이 정말 옳은 것인지 의심하고 더 나아지려고 노력할 뿐이다.

얼마 전 지인 두 분께 독서모임에 관한 이야기를 한 적이 있다. 학생 한 명이 '자신이 책에 의해 변화될 줄 몰랐다'라고 한 후기가 있었다고 말씀드렸는데, 두 분께서 동시에 에이 그게 말이 돼? 하며 고개를 저으셨다. 약 파는 사람 같다며 믿지 않으셨다. 물론 친해서 장난으로 하신 말씀이겠지만 정말로 믿지 않으시는 것 같아 속상했다.

그 후 모임에서 따로 묻진 않았지만, 학생 본인이 먼저 모임을 하면서 변화된 것 같다고, 트라우마가 많이 해소된 것 같다고 이야기해주었다. 다음에 이런 모임을 한다면 다시 참여하고 싶다는 말도. 그렇게 말해줘서 내가 원하는 방향으로 잘 가고 있는 것 같아 안심되었다. 책에 쓰여 있던 문장이 떠올랐고, 이제는 그런 말을 들어도 속상하게 받아들일 필요가 없음을 깨달았다. 학생들이 좋은 영향을 받았다고 스스로 느낀다면 남들이 비웃거나 무시해도 상관없을 것 같다.

8.14

사실 요즘은 혼자 작업하는 일이 많다. 부당한 비판을 받을 일이 없음을 대비해 칭찬을 더 하려고 노력하자는 두 번째 규칙도 세웠다. 그래서 학생 한명 한명 칭찬하고 싶은 부분을 적으려 한다.

은선

해바라기 축제 때 만난 은선이는 언제 만나도 어제 본 것처럼 같이 있는 사람을 편안하게 해준다. 언니~! 하며 밝은 표정으로 인사하고 반겨준다. 사람들과 이야기하는 것을 좋아한다는 은선이답게 대화를 잘 이끌어낸다. 눈웃음이 귀여운 은선이가 늘 이렇게 밝은 표정으로 좋아하는 사람들과 많이 대화했으면 좋겠다는 생각이 들었다. (이날 간단하게 타블렛 사용법을 알려줬는데 장미를 개성 있게 너무 잘 그렸다. 그날 저녁 타블렛을 사겠다고, 배우고 싶다고 연락이 와서 기뻤다.)

윤혁

윤혁이는 침착하고 듬직하다. 자기 생각에 솔직하면서도 상대를 배려해주는 것이 느껴져 고마웠다. 또한 좋아하는 일에 집중하는 열정이 있어서 그 일을 굉장히 잘한다. 후회하지 말자는 가치관답게 자기 일에 책임을 다하려 한다. 과거에 연연하지 않고 현재를 집중해서 살아가는 능력이 있다. 자신이 좋게 보는 사람에 대한 칭찬을 아끼지 않는다. 칭찬 옮기기를 좋아하는 나는 그런 말을 들으면 기분이 좋다.

건희

"시키는 일은 잘해요"라고 했던 말이 기억나는데, 정말 잘한다. 자신의 할당량에 책임을 다한다. 묵묵하게 늘 자신의 자리에 있어 줘서 든든한 친구다. 처음에는 말이 적었으나 시간이 지날수록 마음을 열고 자기 생각을 조금씩 꺼내주었다. 얼마나 현명하고 깊은 생각이 담겨있었는지, 모임이 끝나갈수록 더 듣지 못하는 것이 아쉬웠다.

근수

근수는 어디서나 분위기메이커 역할을 한다. 그래서 근수가 있는 곳에 더 활기가 생기는 느낌이다. 어떤 활동이든 적극적으로 열정을 다한다. 친화력이 좋아 주변에 사람도 많다. 누구든 근수랑 있으면 행복한 에너지를 받을 것 같다. 근수의 친근한 장난기로 금방 가까워지고, 속이 깊어 그 사람이 오래 곁에 남아주는 것 같다. 오래 보고 싶은 친구다.

승원

승원이는 자신이 좋아하는 것에 전문가 수준의 지식이 있다. 평소 영화 보는 걸 좋아하는데, 깊이 좋아한다. 그래서 느낀 점에 대해 깊고 넓은 대화를 할 수 있다. 승원이랑 영화 얘기를 하면 나까지 전문 지식이 많아지는 기분이다. 좋은 작품을 많이 알고 있어서 항상 영화추천을 해준다. 시간의 여유가 생기면 승원이가 추천해준 영화를 빨리 보고 싶다. 그리고 고맙다는 표현을 아끼지 않는다. 이 부분은 정말 배워야 할 점이다.

NAME: 장은선   DATE: 21.08.12

3차 규칙

힘든 상황이 와도 긍정적으로 생각하고
오지 않은 미래를 미리 걱정하지 않기

- "우리의 인생은 우리의 생각대로 만들어진다
(Our life is what our thoughts make it)."

- "당신은 당신이 생각하는 당신이 아니다. 당신의 생각,
그게 바로 당신이다.
(You are not what you think you are, but what you
think are)."

『데일 카네기 자기관리론』 中

8.14

화이자 백신 2차를 맞기 위해 시민회관에 갔다. 먼저 맞은 사람들이 1차 때보다 아프다고 해서 겁을 먹었다. 걱정됐지만 문득 규칙이 생각났다. 사람마다 느끼는 게 다르니 '나는 안 아플 수도 있잖아!'라는 생각을 하며 별걱정 안 하고 맞고 왔다. 어차피 해야 하는 거라면 미리 한다 생각하고 위안을 삼았다. 생각보다 멀쩡해서, 역시 나중 일을 걱정하지 않으니 마음이 편하다는 걸 느꼈다.

8.17

최근에 또 배가 아픈 게 시작돼서 병원에 가봐야 하나 싶었는데, 전에 갔을 때 스트레스 때문이라고 했던 게 기억이 났다. 그래서 최대한 스트레스받지 않으려 노력했다. 심란해지거나 힘이 들면 긍정적으로 생각했다. 결국 병원에 갔는데 스트레스 때문이니 마음을 편하게 가지라는 얘기를 들었다. 규칙을 잘 세운 것 같다는 생각이 들어 내심 기분이 좋았다.

8.18

곧 개학을 한다. 어차피 학교에 가는 건 피할 수 없으니 남은 시간을 재밌게 보내고, 내가 하고 싶은 일을 하자는 생각을 했다.

NAME: 정윤혁   DATE: 21.08.12

3차 규칙

하루에 3명에게 긍정적인 말하기

나 자신에게 하루에 3가지씩 잘한 일

칭찬해보기

- 정신은 그 자체가 하나의 세계이니,
그 안에서 천국을 지옥으로 만들기도 하고,
또 지옥을 천국으로 만들기도 한다.

- 우리에게 평화와 행복을 가져다주는 정신력을 만들고
싶다면 다음 방법을 반드시 기억하라.
유쾌하게 생각하고 행동하라. 그러면 유쾌해질 수 있다.

『데일 카네기 자기관리론』中

8월 12일 목요일부터 8월 18일 수요일까지 잠이 들기 전 거울을 보고 하루를 회상해보면서 나 자신의 잘한 부분을 찾고 스스로 칭찬을 해봤다.

자기 전 나 자신에게 하루에 세 가지 칭찬하기를 했다. 나는 잘생겼다. 나는 할 수 있다. 나는 멋진 사람이다. 나는 다른 사람을 잘 도와준다. 같은 스스로 자신감을 가질 수 있는 칭찬부터, 오늘 하루 수고 많았어. 내일도 힘내자와 같은 긍정적인 칭찬을 많이 했다. 잠이 들기 전에 나 자신의 장점을 찾아보고 스스로에게 칭찬을 해보니, 자신감이 생겨서 좋았다.

이어서 나뿐만 아니라 나의 주변인들에게도 긍정적인 말을 했다. 도와줘서 고마워 같은 감사 인사부터 이쁘다 잘생겼다 멋지다 같은 자신감을 가질 수 있는 칭찬을 많이 했다. 처음에는 주변 친구들, 동생, 형, 누나 모두 당황하고 황당해했지만, 칭찬은 고래도 춤추게 한다는 말이 있듯 선후배 할 것 없이 다들 기분 좋아했다. 나중에 물어보니까 칭찬을 들으니 칭찬받은 부분에 자신감이 생기는 등 긍정적인 영향이 생겼다고 답을 해주었다.

이러한 칭찬들이 처음부터 쉽지만은 않았다. 감사 표현은 자주 해보았지만, 칭찬에는 서툴러서 나 자신에게 칭찬하기도 힘들었다. 그래서 스스로 거울을 보면서 자기 자신에게 칭찬하기를 시작해보았고 이를 바탕으로 타인에게도 칭찬해보려는 연습을 많이 했다.

이렇게 스스로 긍정적인 영향을 키우고 주변까지 긍정적인 영향을 미칠 수 있게 되어서 규칙을 지켜나가는 나 자신에게 뿌듯했다. 욕 비속어 등의 부정적인 말을 줄이고, 긍정적인 말을 하는 태도를 기를 수 있어서 뜻깊은 한 주가 된 것 같다.

JARIP
X BOOK CLUB

NAME: 송승원   DATE: 21.08.12

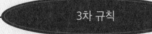

3차 규칙

내가 원하는 직업에 대해 알아보자
(바리스타)

- 부적합한 직업을 가진 사람들은 세상 그 누구보다
불행한 자들이다.

『데일 카네기 자기관리론』 中

원하는 직업에 대해 공부한 이유는, 요즘 내가 하고 싶은 것만 하는 것 같아서 다시 직업에 관해 공부해야겠다는 생각이 들었기 때문이다.

바리스타 공부를 하면서 앞서 배운 관련 활동들은, 내가 하고 싶은 것이라는 게 확실하다. 바리스타가 되고 싶은 확신이 생긴 이유는, 작년에 아무 생각 없이 학교 바리스타 동아리에 들어갔다가 커피에 흥미가 생겼기 때문이다. 그래서 어른이 되면 바리스타가 되고 싶다는 꿈이 생겼다.

다시 공부하면서 아직 내게 부족한 부분이 많다는 걸 깨달았다. 그래서 다양한 커피 관련 지식을 쌓을 수 있어 좋았다. 일단 내가 배운 부분을 약간 얘기하자면 커피의 역사랑 커피 원두 종류이다. 커피 역사를 배워서 흥미로웠고, 우리나라에 어떻게 전파됐는지 알게 되었다. 더 열심히 공부해서 꼭 바리스타 자격증을 따야겠다고 생각했다.

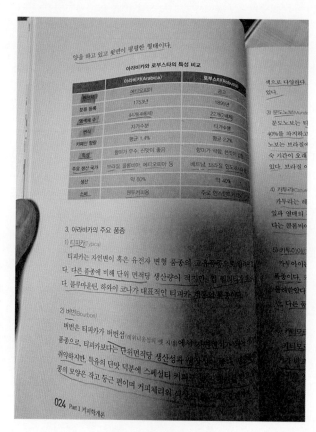

양을 하고 있고 윗면이 평평한 형태이다.

아라비카와 로부스타의 특성 비교

	아라비카(Arabica)	로부스타(Robusta)
원산지	에티오피아	콩고
분류 등록	1753년	1895년
염색체 수	44개(4배체)	22개(2배체)
번식	자가수분	타가수분
카페인 함량	평균 1.4%	평균 2.2%
특성	향미가 우수, 신맛이 좋음	향미가 약함, 쓴맛이 강함
주요 생산 국가	브라질, 콜롬비아, 에티오피아 등	베트남, 브라질, 인도네시아 등
생산	약 80%	약 40%
소비	원두커피용	주로 인스턴트커피용

3. 아라비카의 주요 품종

1) 티피카(Typica)

티피카는 자연변이 혹은 유전자 변형 품종의 고유품종으로 알려진다. 다른 품종에 비해 단위 면적당 생산량이 적지만, 컵 퀄리티가 높다. 블루마운틴, 하와이 코나가 대표적인 티피카 계통의 품종이다.

2) 버번(Bourbon)

버번은 티피카가 버번섬(레위니옹섬의 옛 지명)에서 자연변이가 일어난 품종으로, 티피카보다는 단위면적당 생산성과 생산성은 떨어지지만 취약하지만, 특유의 단맛 덕분에 스페셜티 커피로 이용된다. 콩의 모양은 작고 둥근 편이며 커피체리의 숙성이

승원이 보내준 공부한 내용 사진

NAME: 심근수   DATE: 21.08.12

3차 규칙

걱정을 안 하기 위해 바쁘게 살자

- 아무리 머리가 좋은 사람이라도 한 번의 하나 이상의
생각을 할 수 없다는 것이다.

『데일 카네기 자기관리론』中

8.12

내 규칙을 왜 바쁘게 살자로 했는지 간단하게 설명하자면, 난 걱정을 많이 하는 사람이다. 그로 인한 스트레스 또한 많다고 생각한다. 근데 내가 선정한 파트에서는 걱정을 하지 않으려면 무언가를 행동해야 한다고 나와있다. 그래서 내 규칙을 바쁘게 살자라고 정한 것이다.

그래서 오늘 적용해본 결과, 나는 원래 바쁘게 살던 사람이기 때문에 실천하기 매우 어려웠다. 하지만 일정이 많아도 그 일정 사이에 시간이 많다. 그래서 이 틈을 어떤 방식으로 채워나가야 하는지 아직 잘 모르겠다. 그래도 난 좌절하지 않고 계속 그 시간을 채우려 노력할 것이다.

8.13

오늘은 내가 정한 규칙의 해답을 찾은 날이다. 오늘은 어제와 다르게 일정 사이의 시간을 채우는 방법을 찾았다. 그 방법은 그 시간을 이용해 내 여가생활을 하는 것이다. 여가라고 하면 긴 시간이 필요하다고 생각한다. 하지만 난 그 생각의 틀에 벗어나, 긴 시간을 필요로하는 것만이 여가가 아니라는 생각을 하게 되었다. 그래서 나는 내 일정 사이의 30분도 채 안 되는 시간을 활용하려고 노력했다.

내가 제일 좋아하면서 긴 시간이 필요하지 않는 것이 무엇인가를 먼저 생각했고 답을 찾았다. 그것은 친구들을 잠시 만나서 얘기를 하는 것이었다. 나는 말이 많으며 누군가와 대화를 하고 그 사람의 생각을 듣는 것이 좋다. 30분도 채 안 되는 시간을 친구와 만나서 대화를 하는 것이 행복하고, 친구와 있을 때는 걱정 같은 부정적인 감정이 안 든다. 이것을 오늘 적용해본 결과, 조금 걱정을 하긴 했지만 그 전보다는 그다지 걱정하지 않은 것 같아 좋았고 피곤함도 줄어들었다.

8.14

오늘은 매우 바쁘게 살았다. 나는 오늘 오후 1시에 일어나서 게임을 하고 밥을 먹고 드라마 <라켓소년단>을 봤다. 바쁘게 내 여가를 보내다 보니 하루는 빨리 지나갔고 걱정은 하나도 하지 않았다. 아마 내가 늦게 일어나서 인지는 몰라도, 하루가 빨리 지나가는 느낌이었고 하루를 재밌게 보낸 것 같아서 좋았다. 그리고 누구도 뭐라 하는 사람이 없어서 좋았다.

8.15

오늘은 광복절 76주년을 맞는 해이다. 그래서인지 몰라도 마음 한편에 내가 아는 독립운동가분들이 생각나면서 생각에 잠기게 되었다. 나는 이때 꼭 행동하지 않아도 바쁘게 산 것 같은 느낌을 받았다.

맞다. 바쁘게 산다는 것에 대한 기준은 어디에도 없다. 그러니 이 글을 읽고 있는 독자들에게 말하고 싶다. 바쁘게 사는 것이 육체적으로 바쁜 것만이 아니라, 정신적으로 바쁜 것도 바쁜 것이라고 말이다. 생각하면서 지내는 것도 바쁜 것이다.

그러므로 어떤 특정한 틀에 박혀서 생각하지 말라고 말하고 싶다. 그리고 누군가가 세운 기준에 자신을 맞춰서 생각하려 하지 말고 자신이 세운 기준에 맞춰 생각했으면 좋겠다. 왜냐하면 사람은 누구나 다르다. 근데 누군가가 세운 기준에 맞춰 생각하려 하면 당신은 그 누군가인 척을 하는 허수아비에 불과하다. 그리고 독자들은 지금 바쁘게 사는지를 물어보고 싶다.

8.16

오늘은 아무런 일정이 없어서 집에만 있다가 밤에 친구에게 전화가 왔다. 같이 게임하자고 해서 게임을 했는데 나와 독서모임을 같이하는 송승원 형도 같이한다고 해서 형이랑 친해졌다. 바쁘게 살던 중에도 이렇게 좀 쉬어가는 시간을 가져도 좋겠다고 생각했다. 그러니 마냥 바쁘게만 사는 것이 좋은 게 아니라, 바쁘게 살다가도 조금씩은 쉬어줘야 한다. 근데 너무 많이 쉬다 보면 사람이 나태해지고 전에 바쁘게 살던 삶을 잃어버릴 수가 있다.

그러니 조금만 쉬세요^-^

8.18

어제의 후기는 못 썼기 때문에 어제의 느낀 점까지 오늘 후기에 쓴다. 어제는 원래 하나의 학원만 가는 날인데, 학원 가는 시간이 오후 4시이기 때문에 빈 시간이 너무 많아서 하나의 학원을 더 갔다. 이때 나는 빈 시간을 어떻게 잘 활용할까 생각했다.

그 답은 사람마다 다 다르겠지만 내 답은 학원을 가는 것이었다. 사람마다 답이 다르다고 한 이유는 나와 다른 사람을 같다고 생각하지 않았기 때문이다. 나와 다른 사람이 처한 상황과 직업, 성별 등 다양한 측면에서 나와 다르다. 그러니까 자신의 상황에 맞춰서 생각하셨으면 좋겠다.

그리고 대망의 오늘은 매우 바쁘게 생활했다. 무엇을 했냐고요? 지금 말씀드리도록 하겠습니다. 일단 아침에 일어나자마자 아주 연한 커피를 마시면서 오늘 하루를 어떻게 재밌으면서 바쁘게 살 것인가에 대해 고민했다. 커피를 마시면서 내린 결론은 그냥 내가 재밌으면 그게 좋은 거라는 거다. 바쁜 일상 속에서도 즐거움을 느낀다면 그것이 바로 답이라고 생각한다. (이 생각은 100% 저의 개인적인 생각입니다)

오늘은 학원에 가며 아주 바쁜 하루를 보냈다. 그리고 오늘은 이 규칙을 삶에 적용하는 마지막 날이기 때문에 일주일 동안 이 규칙을 적용했던 사람으로서 총평을 하겠다. 일단 이 규칙의 장점은 걱정하지 않고 보람차고 알차게 하루를 보낼 수 있다는 것이다. 그리고 단점은 딱히 없지만 그래도 뽑자면 하루를 바쁘게 살고 집에 돌아와 샤워하고 나오면 피로가 쏟아진다는 느낌을 받는 것이다.

NAME: 김건희   DATE: 21.08.12

3차 규칙

스마트폰 사용 시간을 줄이자

  스마트폰 사용량이 하루에 평균 10시간이다. 너무 많이 사용한다고 느껴 하루가 지날 때마다 1시간씩 줄이는 거로 마음을 먹고 실천했다.

  스마트폰으로 인해 독서 및 공부를 할 때 방해가 돼서 집중하지 못했었는데, 이 규칙으로 인해 못했던 것들을 하나하나 꼼꼼히 할 수 있어서 좋았다. 독서랑 공부를 열정적으로 집중해서 할 수 있게 되었다. 가끔 이 규칙이 생각나면 다시 해보고 싶다.

시간은 왜 이렇게 빠른지 모르겠다. 벌써 모임이 두 번밖에 안 남았다니. 책 제작에 온 신경을 쏟다 보니 시간 가는 줄 모르겠다. 이 와중에도 내게 주어진 미션같은 규칙이 있었기에 차근차근 해나갈 수 있었다. 지금 아이들은 어떨까를 생각해본다. 혹시 규칙이 일상에서 지워지진 않을까, 깜박하게 되진 않을까 하고 빠르게 규칙 카드를 만들어 보내줬다. 근수가 감사하다는 말과 함께 카드를 프린트해 컴퓨터 옆에 붙여놓고, 핸드폰 배경화면으로도 해놓았다. 이럴 때 참 뿌듯하지 않을 수 없다. 이 보람으로 모임을 하는 것 같다. 상대가 나로 인해 행복할 때가 좋다는 근수의 말이 진심이 아닐 수 없다. 덕분에 모임 내내 많은 보람과 행복을 느꼈다고 말해주고 싶다.

2021. 08.17 서진 일기

오늘은 굉장히 지치는 날이다. 아침부터 출근하기 전 침대에서 나오기 싫었다. 정말 오늘이 아니면 못 쉴 것 같은데.. 반차를 쓸까 하다가 고민할 시간에 그냥 일어나 서진아! 하고 출근했다. 사실 아직도 월차를 안 썼다. 그냥 쓸 맘이 없었다. 하기 싫은 일도 아니고, 하고 싶은 일을 하다 보니 굳이 쉬고 싶지 않았다. 근데 쉬고 싶다는 생각이 들었다는 건 정말 과부하가 걸린 느낌이다. 하고 싶은 마음과 더는 무리야! 하는 몸이 저울질하는 느낌이랄까.. 특히 요즘은 텀블벅을 코앞에 두고 할 일이 더욱 쌓였다. 근데 원래 엎친 데 덮친 격으로 바쁠 때 더 일이 들어온다. 실수도 생긴다. 잘 해결되었지만, 마음은 너덜너덜하다. 이럴 땐 초반의 일기를 보면 된다. 그때의 나도 지금의 나를 예측한 듯하다. 너 분명 끝으로 갈수록 지칠걸? 이러면서. 그래서 조금이라도 여유가 있던 그때 신신당부를 한 거다. 끝까지 최선을 다하자고. 표지 디자인, 텀블벅 작성, 리워드 제작, 내지 작업, 글쓰기 등 책 하나에 정말 많은 노력이 들어간다. 그 뿐 아니라 단가, 인쇄비 등 나랑 친하지 않은 숫자들이 몰려오기도 한다. 첫 책이다 보니 욕심이 생기지만, 아이들에게 부담 주기 싫어서 어떻게 글 쓰는 것을 독려할지 고민 중이다. 그래도 꼭 이런 날에 학생들에게 일찍 메일이 온다. 각자 자리에서 자신의 할당량을 채우는 모습에 나도 힘이 점차 생긴다. 나도 나의 할당량을 잘 채워야겠다.

2021. 08.18 서진 일기

4 차 규칙

NAME: 조서진   DATE: 21. 08. 19

4차 규칙

내가 어떤 사람인지 알고
스스로에 대한 확신을 바탕으로 글쓰기

- '자신의 모습대로 산다'

그 순간 저는 정신이 번쩍 들면서 자신과 맞지 않는 방식에 다 저를 맞추려고 했기에 스스로 불행했다는 사실을 깨닫게 됐습니다.

저는 제 성격에 대해 조금 더 자세히 알기 위해 노력했습니다. 제가 누구인지 알아내려고 노력했지요. 제 장점을 찾았습니다.

- 다른 사람을 흉내 내면 어떤 것도 성취하지 못한다.

- 여러분은 이 세상에 존재하지 않던 새로운 무엇이다.

태고 이래 여러분과 정확히 일치하는 사람은 단 한 명도 없었다. 앞으로도 영원히 여러분과 똑같은 사람은 다시 나타나지 않을 것이다.

- 연설을 하고 연설에 대해 가르치면서 깨달은 내 경험과 관찰, 그리고 스스로에 대한 확신을 바탕으로 대중 연설에 관한 교재를 써 내려갔던 것이다.

- "나는 셰익스피어가 쓸 만한 책을 쓸 수 없다. 나는 단지 나다운 책을 쓸 수 있을 뿐이다."

- 여러분은 이 세상에 없던 새로운 어떤 것이다. 그것을 기뻐하라. 자연이 여러분에게 준 것을 최대한 활용하라. 최종적으로 보면 모든 예술은 자서전적이다. 여러분은 단지 여러분 자신을 노래하고 있을 뿐이다.

- 일찍이 애머스는 '자립'이라는 글에서 이렇게 말한 바 있다.

"교육은 하다 보면 누구에게나 어떤 확신이 들 때가 있다. 즉 부러움은 무지이고, 모방은 자살이며, 좋든 싫든 스스로를 자신의 몫으로 인정해야 하며, 이 넓은 우주에는 좋은 것들이 무수히 많지만, 자신의 경작지를 애써 가꾸지 않으면 결국 옥수수 한 톨도 얻을 수 없다는 확신에 도달하게 되는 때가 있다. 자신의 내면에 있는 능력은 이전까지 자연에 존재하지 않던 것이다. 그러므로 자신이 무엇을 할 수 있는가는 그 자신만이 알 수 있다. 시도하기 전까지는 자신도 알지 못한다."

『데일 카네기 자기관리론』 中

8.21

나는 어떤 사람인가? 어떻게 살아갈 것인가?

선택의 기로에 놓일 때, 우선 다양한 사람들의 견해를 들어본다. 각자의 세상에 담긴 생각을 들어보면, 어느 것 하나 틀리다 할 수 없다. 모든 말에 일리가 있다. 그 선택은 본인의 인생에서 정답이기 때문이다. 그렇게 다른 모양의 정답을 듣고 내 그릇에 알맞은 정답을 생각해본다. 아무리 조언을 구하고 들어도, 선택은 오로지 내 몫이다. 그 선택의 순간에 나는 어떤 사람인지를 스스로 가장 많이 묻는다. 어떻게 살아갈 것인지에 대한 고찰과 함께. 나는 과거를 지나 미래를 꿈꾸며 현재를 살고 있다. 가장 큰 중심을 어디에 둘 것인가. 그 안에서 나는 어떤 선택을 하며 살아갈 것인가.

나는 돈을 많이 벌고 싶은가? 권력을 얻고 싶은가? 이 기준을 세우고 선택할 때, 그것이 정말 내게 옳은 정답일까. 그 선택의 과정에 평안과 행복이 있을까. 나는 평안하고 행복한 삶을 꿈꾼다. 이것은 나를 위한 좋은 가치다. 그렇다면 이를 얻기 위해 어떤 기준을 세워야 할까? 정작 나를 위한다고 하는 수많은 이기심은 역설적이게도 나를 쉽게 불행에 빠뜨린다. 그 이유는 무엇일까. 이렇듯 끊임없이 꼬리를 무는 질문과 함께 진지하게 내가 어떤 사람인지 알고, 어떻게 살아야 하는지에 대한 성찰이 이루어져야 중심이 잡힌 사람이 될 수 있다.

이렇게 나의 기준을 세운 뒤에 평생 그 기준대로 살아가는 것이 아니라, 끊임없이 검열하고 공부해서 갈고닦아야 한다. 자신의 이렇다 할 기준이 없어 기준을 잡는 것은 좋지만, 그것이 100% 확신으로 이어졌을 땐 자만이 될 수 있다. 세상은 지금 이 순간에도 끊임없이 변화한다. 맹목적인 자기 확신과 자만은 실패한다. 참 어려운 과정이다.

그래서 내가 하는 방법은, 독서다. 글은 힘이 있다. 접하기 쉽고, 다양하다. 기준을 세우기 위한 훌륭한 분들의 조언을 얻을 수 있으면서도 혼자만의 생각으로 매몰되지 않게 해준다. 모두가 완벽하지 않다는 것, 이기심은 자의적 무기가 된다는 것, 나는 부족한 사람인 것, 누구나 실수할 수 있다는 것 모두 책이 알려준 소중한 가르침이다. 그래서 살아가며 만나게 될 좋은 책들이 더욱 기대된다. 내가 아직 못 읽은 좋은 책이 많다는 것이 내일을 살아갈 수 있는 용기가 된다. 다음엔 현재 내가 어떤 기준을 가지고 살아가고 있는지에 대한 생각을 써봐야겠다.

8.22

내 선택의 기준은, 책『부의 품격』내용에 있듯 '선의지'를 가지고 사는 것이다. 선한 동기를 가지고, 행동하고, 좋은 영향을 주는 것. 물론 선의지도 상대적일 수 있다. 내가 독서모임에서 가진 선의지는 책이 주는 선한 영향력을 학생들에게 나눠주는 것이다. 누구나 맞닥뜨릴 삶의 장애물을 보다 유연하게 넘어갈 수 있도록 말이다.

『데일 카네기 자기관리론』은 내게 그런 영향을 잔뜩 주었다. 그래서 학생들에게도 나눠주고 싶었다. 걱정 고민이 많은 시기에 조금이나마 힌트를 얻고 도움받길 바라면서.

모임하는 시간 동안 내가 원하는 삶의 방향대로 살 수 있어서 그 과정 속에 행복감을 자주 느꼈다. 나에게 정말 의미 있는 시간이었다. 기회가 된다면 계속하고 싶다.

NAME: 장은선   DATE: 21. 08. 19

4차 규칙

누군가에게 잘 보이려 하지 말고
나 자신에게 집중하자

8.25

규칙을 어떻게 실행해야 할지 고민하면서 하루하루를 지냈다. 하루는 아침에 학교에 가면서 아는 오빠랑 전화를 하는데, 싫다는 말을 계속하고 하지 말라는 걸 계속했다.

이때 규칙에 집중하자는 생각을 하고 '누군가에게 잘 보이려 하지 말고 나 자신에게 집중하자'가 떠올랐다. 쌓였던 게 폭발하면서 그동안 하지 못했던 서럽고 울컥했던 얘기들을 털어놓았다. 미안하다는 말을 듣고, 진정하고 생각해보니 진작 말했으면 좋았을 걸. 괜히 상처줄까봐 말 안 하고 참아서 내가 그토록 힘들어했을까 싶었다.

나처럼 인간관계에서 하고 싶은 말을 하지 못하고 상대방이 상처입을까봐 속으로 삼키고 있는 분들이 우리의 책을 읽어보고 규칙을 세워 당당하게 이겨냈으면 좋겠다는 생각을 했다.

NAME: 정윤혁   DATE: 21. 08. 19

4차 규칙

돈을 사용하기 전에 꼭 필요한 지출인지

생각해보고 돈 쓰기, *금전출납부 작성해보기

*금전출납부: 돈이 나가고 들어오는 것을 적는 장부

1. 사실을 기록하라.

2. 자산의 상황에 맞는 예산안을 마련하라.

3. 현명하게 소비하는 방법을 배워라.

4. 수입이 늘어나도 고민은 늘리지 말라.

.

.

10. 절대로 도박을 하지 말라.

11. 재정 상태를 개선하지 못한다 해도 자신을 용서하고 바꿀 수 없는 상황에 대해 불평하지 말라.

『데일 카네기 자기관리론』中

8월 19일 독서모임을 한 날, 점심으로 밖에서 짜장면을 먹었다. 이때 친한 형이 밥을 사주어서 공짜로 얻어먹었다. 그 후 주말에는 집 밖을 나가지 않고 월요일 개학 준비 겸 집에서 시간을 보냈다. 월요일에 개학하니 수시 계획서부터 자소서 입시 상담 등 정신없는 일주일이 지나갔다. 이 글을 작성하고 있는 금요일에도 정신이 없다.

핑계라면 핑계지만 정신없이 일주일을 보내면서 내가 지킬 이번 주 규칙인 돈을 사용하기 전에 꼭 필요한 지출인지 생각해보고 지출하기, 금전출납부 작성해보기를 잘 지키지 못했다. 독서모임을 진행하면서 처음으로 내가 스스로 정한 규칙을 잘 지키지 못했고 이 글을 적는 지금도 규칙을 지키지 못한 것에 대해서 자책하고 있다.

금전출납부 작성을 평소에 하지 않았고, 개학 뒤 평소처럼 돈을 낭비하는 나의 모습을 후회하며 반성하는 시간을 가지게 되었다. 돈의 가치를 깨닫고 낭비하지 않기 위해서라도 당장 내일부터 현명한 소비와 금전출납부를 작성하는 노력을 할 것이라 다짐했다.

NAME: 송승원   DATE: 21. 08. 19

4차 규칙

계획하면서 생활하자

첫 번째 : 밤 9시~10시에 자기

두 번째 : 아침 6시 30분에 일어나기

세 번째 : 아침 먹기

네 번째 : 학교 도착하자마자 책 읽기

다섯 번째 : 학교 끝나고 운동 2시간 하기

여섯 번째 : 집 도착하자마자 샤워하기

일곱 번째 : 자기 전 책 읽기

아홉 번째 : 게임 많이 하지 않기

　여기까지 내가 일주일 동안 지킨 규칙이다. 일주일 동안 내가 규칙적으로 생활하면서 생활 패턴이 정상적으로 돌아온 느낌이 들었다. 아침에 일어날 때 개운한 느낌이 들어서 좋았고, 하루종일 피곤하지 않아서 나 자신도 신기했다. 피곤하지 않아서 모든 일에 열정적으로 참여하게 되었다. 아침도 먹고 가니 배고프지 않아서 좋았다. 또 게임 시간을 줄이니까 내가 읽고 싶은 책을 읽는 시간이 생겨서 즐거웠다.

4차 규칙

부당한 비판을 받았을 때
태연하게 받아들이자

- 요즘은 누가 나를 욕하는 소리가 들려도 그게 누군지 돌아보지 않습니다.

- 마음속으로 네가 옳다고 생각하면 누가 뭐래도 전혀 신경 쓰지 마라.

- 해도 비난받고 안 해도 비난받는 건 마찬가지입니다.

- 최선을 다해라. 낡은 우산이라도 하나 펼쳐 들어 여러분의 목덜미로 비판의 빗줄기가 흘러들어 괴롭히지 못하게 하라.

- 다른 사람보다 훌륭한 사람은 비판을 받게 돼 있다.

『데일 카네기 자기관리론』中

8.20

이번 주는 내가 규칙을 정하고 적용 후기를 쓰는 마지막 주이다. 그래서 난 친구에게 이 사실을 말했다. 근데 친구는 내게 그걸 해서 너한테 이득이 있냐고 말했다. 그래서 난 내면에서는 화가 나고 어떻게든 반박을 하고 싶은 마음이 굴뚝같았다. 하지만 난 내면의 화를 가라앉히고 말했다. "넌 모든 일을 할 때 이득만 바라보고 일을 하냐?" 라고 물어봤을 때 그 친구는 아무 말도 하지 못했다.

나는 여기에서 느낀 점이 있다. 그것은 누군가에게 비판을 받았을 때 흥분하면 안 된다는 것이었다. 왜냐하면 흥분을 하면 판단력이 흐려져서 해서는 안 되는 말과 폭력을 행사할 수도 있기 때문이다. 그래서 난 태연하게 받아들이려고 노력했다. 근데 비판을 받아들일 수 있지만 비난은 참을 수 없을 것 같다. 아직까지는….

8.21

오늘은 할 일이 없어 독서모임 시간에 읽었던 파트를 읽었다. 438쪽에 있는 "다른 사람보다 훌륭한 사람은 비판을 받게 돼 있다"라는 문장을 읽었는데 한동안 생각에 잠겨있었다. '나는 훌륭한 사람도 아닌데 왜 비판을 많이 받는 것인가?'에 대해 끊임없이 생각했다.

생각의 결과는 다음과 같다. 저 문장은 훌륭한 사람만 적용되는 문장이 아니라는 것. 왜냐하면, 비판하는 사람 대부분이 자신은 하지 못하는 것을 다른 사람이 성공하면 부러워해서 비판하는 경우가 많기 때문이다. 비판받는 사람은 비판하는 사람보다 더 나은 인생을 산다는 것과 같다.

오늘은 누구에게도 비판받지 않았지만, 앞으로 내가 비판받는다면 나는 비판하는 사람보다 더 나은 인생을 살았구나 하며 뿌듯할 것 같다.

8.22

오늘은 그냥 집에 있다가 날씨가 너무 좋아서 집 앞에 앉아있는데, 중학생 정도 돼 보이는 남자애가 우리 집에 침을 뱉고 가려고 하기에 내가 그 남자애를 붙잡았다. 나는 왜 남의 집에 침을 뱉냐고 물었다. 근데 그 남자애가 하는 말이,

내가 침을 뱉겠다는데 무슨 상관이냐고 하며 나를 밀쳤다. 그때 옆에 있던 남자애가 침을 뱉은 남자애한테 말했다. "이 형 우리 학교 선배야"라고 말했다. 그래서 난 이제 상황 파악이 되냐고 물었다. 그러자 죄송하다며 내 집인지 몰랐다고 말했다. 나는 다른 사람 집이면 침 막 뱉어도 돼? 라고 물었다. 그러자 "아닙니다"라고 하며 죄송하다고 말했다. "네가 침 뱉은 거 다 닦고 가"라고 내가 말했다. 그러자 "휴지가 없습니다"라고 그 애가 말했다.

원래 같았으면 옷으로 닦던지 휴지를 만들어 오라고 했을 것이다. 근데 난 이 규칙을 적용한 뒤로 많이 변화했다. 나는 휴지를 갖다주겠다고 했고, 휴지를 갖다주었다. 그러자 그 남자애는 침을 닦고 마지막으로 죄송하다고 하며 떠났다.

이 일 이후로 내가 많이 변했다고 느꼈다. 왜냐하면 나는 아는 지인이나 가족, 나한테 피해를 주면 어떤 방법을 쓰더라도 그 사람을 혼내곤 했다. 이 정도면 태연하게 받아들였다고 생각한다.

이 책을 읽는 사람한테 묻고 싶다. 이 책을 읽고 있는 사람 중에 내 집에 침을 뱉고 가는 사람을 본다면 어떻게 할 것인가. 누구는 폭력을 쓰는 사람도 있을 것이고 누구는 못

본 척하는 사람도 있을 것이다. 하지만 이 규칙을 삶에 적용한다면 조금은 달라질 것이다. 폭력을 쓰던 사람도 대화로 이 상황을 풀려고 할 것이고, 못 본 척했던 사람도 대화로 상호존중을 하면서 이 상황을 풀어나가려고 할 것이다.

8.23

오늘 학교 개학을 했다. 이번 2학기 개학은 코로나 19로 인해 2/3 등교로 개학을 했다. 1학년인 나는 온라인 클래스로 수업을 마치고 학원에 갔다. 학원에서 나오는 길에 우연히 친구를 만났다. 그 친구는 나한테 어디 갔다 왔냐고 물었다. 나는 학원 갔다 왔다고 대답했다. 근데 그 친구는 "학원에 왜 가냐?"라며 비꼬는 말투로 물었다. 나는 그 질문에 조금 화가 났다. 내가 학원에 가는 건 내 마음인데 왜 이 질문을 할까 생각하면서.

난 내 규칙인 <비판을 태연하게 받아들이자>를 생각했다. 그리곤 "뭐 하는 것 없어"라고 하며 그냥 넘어갔다. 친구와 헤어진 후 이 일을 생각했다. 내가 그때 감정적으로 말을 했다면 그 친구와 싸움이 날 수도 있고 사이가 멀어질 수도 있었다는 것을 깨달았다. 이 규칙은 불필요한 싸움과 말을 하지 않고 하루를 잘 보낼 수 있는 방법이라고 생각한다.

8.24

나는 학교 수업이 끝나고 학원에 갔다. 학원에 가던 도중 누가 나를 치고 갔다. 난 그 사람을 쳐다봤다. 근데 어이없게도 왜 쳐다보냐면서 나한테 겁을 주었다. 그래서 그 사람한테 "그냥 갈 길 가세요"라고 말했다.

난 여기서 느꼈다. 이 규칙을 적용하고 나서 내가 참 많이 변했다고. 난 이제 태연하게 받아들이는 것이 자연스러워졌다.

8.25

오늘은 아무런 일도 없었다. 평소와 같이 수업을 듣고 학원에 갔다가 집에 돌아왔다. 근데 이 규칙의 단점을 오늘 알게 되었다. 그것은 나는 비판을 받지 않아도 되는 사람이고, 비판을 받지도 않았는데 왜 비판을 태연하게 받아들일 생각을 먼저하고 있냐는 것이었다. 이것이 이 규칙의 단점이라면 단점이다. 하지만 그것이 나쁜 것만은 아니었다. 왜냐하면 비판을 받았을 때 마음의 준비가 되어 있어서 마음에 상처를 덜 입는다.

분명히 말하지만, 이 규칙을 적용한다고 해서 비판을 받았을 때 마음에 상처를 받지 않는다는 것이 아니다. 다만 마음의 상처를 조금이나마 덜어준다는 것이다.

8.26

오늘은 내가 규칙을 정하고 후기를 쓰는 마지막 날이다. 그래서 오늘은 이 규칙에 대해 총평을 하려고 한다. 일단 이 규칙을 먼저 설명하자면 누군가 나에게 부당한 비판을 할 때 태연하게 받아들일 수 있다.

부당한 비판이라고 하면 나는 하지 못한 어떤 것을 다른 사람이 성공했을 때 비판을 하는 경우가 많다. 이 점을 생각할 때 누군가가 나를 비판할 땐 그것이 정당한 비판이냐를 먼저 볼 필요가 있다. 정당한 비판이라면 나 자신이 감당해야 하는 것이 맞다. 하지만 그것이 부당한 비판이라면 나는 뿌듯해 할 것 같다.

예를 들어보자면 한 나라의 축구 경기가 있다고 해보자. 이때 이 한 나라가 승리를 했음에도 불구하고 비판을 받는다면 그것은 이 나라가 승리한 것이 부러워서 비판하는 것이 맞다. 다른 어느 경우의 수를 빼면 말이다. 그래서 부당한 비판을 받았을 때 부러워서 하는 비판이라고 생각하면 된다. 이때 나라면 "아 내가 인생을 부당한 비판을 하는 사람보다 잘 살았구나"하며 마음속으로 뿌듯할 것 같다.

이제 이 규칙의 단점을 말해보겠다. 일단 이 규칙은 비판받지 않았지만 비판받을 준비를 하게 된다는 것이다. 이게 단점이라면 단점이다. 그렇다고 해서 이 규칙이 안 좋다고 말하는 것은 아니다. 이 규칙은 자신의 삶에 적용해 본 사람만 알 수 있는 것이다. 그러니 꼭 이 규칙을 적용해보길 희망한다.

NAME: 김건희

DATE: 21. 08. 19

4차 규칙

내일 일을 생각하지 말고
현재를 충실하게 보내자

이 규칙을 세운 이유는, 요즘 사람들이 오늘보다 내일의 결과를 더 중요시하고 과거에 했던 일을 후회하는 경우가 많다. 그런데 오늘을 후회 없이 버티면 내일에 대한 걱정도 사라지고 과거에 대한 후회가 없어지기 때문에 이 규칙을 정했다.

이 규칙의 장점은 하루를 굉장히 뿌듯하게 보낼 수 있다. 예를 들면 숙제를 다 못해서 '내일 하지 뭐'라는 생각 때문에 내일 걱정을 하게 되는데, 이 규칙 덕분에 하루에 숙제를 다 끝냈다는 희열에 '굉장히 보람찬 하루였다'라는 생각이 들게 해준다.

마지막으로 일주일간 이 규칙을 실행해본 후 느낀 점은, 오늘에 집중하고 열정적으로 살아서 그런 건지 모르겠지만 하루가 굉장히 소중하다는 걸 느낄 수 있었다.

어제 드디어 텀블벅 작성을 마치고 심사를 요청했다. 독서모임은 끝나가지만 나는 또 다른 산을 넘는 중이다. 요즘은 매우 평화롭다. 걱정이 스멀스멀 올라오면 이젠 머릿속에서 자동반사적으로 걱정하지 않기 위한 규칙을 실행하고 있다. 할 일은 많으니 당장 할 일을 찾아 집중하거나, 걱정은 아무런 쓸모가 없다는 식으로 생각한다. 걱정을 없애기 위한 행동을 하지 않고 미루기 때문에 걱정이 더 삶에 침투하게 되는 건 아닐까. 물론 처음부터 잘 되진 않지만, 의식적으로 노력하다 보면 "걱정=아무런 생산력이 없는 것"이라는 공식이 입력된다. 가끔은 오해를 받는다. 인생에 딱히 힘든 일이 없는 사람처럼 비춰지기도 한다. 나는 꽤 예전부터 힘든 상황에서 어떻게 하면 이겨낼 수 있을지 정말 많이 고민하고 공부했고, 그 안에서 나에게 맞는 해결법을 조금씩 익혀나갔다. 하지만 미처 해결하지 못한 것도 있고, 아직 못 겪어본 더 큰 고난이 다가올 수도 있다. 확실한 건 그것에 무너지지는 않을 거다. 이젠 내 삶에 든든한 책이 있고, 기도할 수 있기 때문이다.

힘든 상황은 나를 무너지게 할 만큼 압박해오지만, 이기는 방법은 그것에서 좋은 점만 가지고 나가 성장한 사람이 되는 것이다. 게임이라고 생각하면 퀘스트를 하나 깨서 레벨이 올라간 거다. 이후엔 나를 괴롭혔던 그 악당이 별거 아니게 느껴진다.

자신의 생각을 고집하고 자기만의 세계에 매몰되어 있는 것은 위험하다. 여러 견해를 듣고 내 생각과 비교하면서 끊임없이 보완해야 한다. 살아간다는 것에 대해 스무살 땐 가진 걸 하나씩 내려놓는 과정이라고 생각했다.

스물셋인 지금도 비슷하지만, 구체적으로 자존심을 하나씩 내려놓는 과정이라고 생각한다. 나의 하루가 쌓일수록 경험이 많아지지만, 알고 있는 게 틀렸다는 걸 기꺼이 받아들일 수 있도록.

2021. 08.29 서진 일기

텀블벅 시작이 내일로 다가왔다. 비가 많이 온다. 출근할 때 이렇게 비가 많이 온 적은 처음인 것 같다. 무언가 분위기가 미묘하게 달라진 공기가 주변 환경을 감싸는 느낌이다. 이럴 땐 말이 없어지고 목이 갑갑하다. 꼭 마음이 좋지 않다는 걸 에둘러 표현한다. 설레고 두근거리는 마음도 있지만, 나를 응원해주는 사람과 그렇지 않은 사람들의 경계가 더 뚜렷해지고 있다. 가끔은 외로운 것 같다가도 작은 사회에 매몰되지 말자는 결심을 하며 마음을 다잡는다. 나라도 나를 가장 응원해줘야 하는데, 혹여나 자만이 될까 봐 그마저도 선뜻 건네기 조심스럽다. 하지만 무언가 도전했을 때 느껴야 할 당연한 부담감이겠지 한다. 억울함은 잠시 미뤄두고, 오늘도 내 할 일을 하러 간다.

+오잉 후기 인터뷰 정리하는데, 근수 에피소드 보고 어이없어서 기분이 좋아졌다.

2021. 09.07 서진 일기

모임 후기 인터뷰

율곡고등학교   3학년   장은선

나 자신을 사랑하라는 말은 많이 들어봤는데,
어떻게 실천해야 할지도 모르겠고
어떻게 찾아봐야 하는지도 몰랐는데
이 책을 알게 되면서 책 읽고 규칙도 세워보니까

나를 어떻게 사랑해야 하는지 알 것 같은?

너무 다른 사람만 존중해서 챙기는 것보다
나 자신도 사랑하면서 남도 사랑해야 한다는 걸
알게 되었어요.

6주간의 독서모임이 끝났습니다! 기분이 어때요?

약간 허전하고…. 뭐랄까 허전한 느낌인데 생활에서 지켜야
할 게 없으니까 마음은 편한데 너무 풀어지는 느낌?

모임이 끝난 소감은요?

그 시간에는 모임했을 때 시끌시끌하고.
애들끼리 얘기를 하니까 듣는 걸 좋아하는 입장으로서
지켜보는데도 기분이 좋아지고…. 잘한 것 같다?

모임하면서 가장 기억나는 것?
재밌는 에피소드가 있다면 소개해주세요!

사진 찍으러 갔을 때! 애들이랑 처음 모인 것이기도 하고,
애들끼리 투닥거리는거 실시간으로 본 느낌에다가
다양한 모습을 보게 됐달까? 그게 신기했어요.

책을 읽으면서 얻게 된 것이 있나요?

나 자신을 사랑하라는 말은 많이 들어봤는데,
어떻게 실천해야 할지도 모르겠고 어떻게 찾아봐야 하는지
도 몰랐는데 이 책을 알게 되면서 책 읽고 규칙도 세워보니
까 나를 어떻게 알고 사랑해야 하는지 알 것 같은?
너무 다른 사람만 존중해서 챙기는 것보다 나 자신도
사랑하면서 남도 사랑해야 한다는 걸 알게 되었어요.

책에 대한 생각의 변화가 있었나요?

처음엔 잠 오는 거였는데, 지금은 마냥 어렵게 느껴지거나 잠이 오는 게 아니라 나에게도 지식을 주거나 내 삶을 변화시켜줄 수 있는 도구가 될 수 있겠다 느꼈어요.

일상에 규칙을 적용하는 건 어땠어요?

저는 조금 광범위하고 구체적으로 하지 않아서 많이 힘들었어요. 내가 생각을 해도 이때 이렇게 하면 잘하겠지 했는데 막상 규칙을 지키려고 생각해보면 내가 이렇게 하는 게 이 규칙에 맞는 건가? 싶은 의심이 들었어요.

모임하면서 아쉬운 점?

애들이랑 그나마 친해질 것 같은 단계였는데 끝나서 아쉬웠어요.

모임하면서 얻게 된 것?

책 하나로도 다른 사람이랑 소통할 수 있다는 점과 그걸로 규칙도 세우고 내 삶을 변화시킬 수 있다는 점이요. 다른 사람이랑 친해질 수 있는 계기도 된 것 같아요.

앞으로 이 모임을 추천하고 싶은 사람이 있나요?
어떤 사람에게 추천하고 싶어요?

내 친구요. 친구도 나랑 생각이 비슷한데, 친해지고는 싶은
데 사람이 두려워서 못 다가가는 친구가 있어요. 그 친구랑
같이 규칙을 세우고 하면 내가 조금이라도 변화한 것처럼
친구도 변화하지 않을까 싶어요.

마지막으로 하고 싶은 말!

많은 사람이 알고 했으면 좋겠어요. 책을 내면 수익을 받는
걸 떠나서 이 활동이 재밌었어요. 애들이랑도 얘기하는 걸
들을 수 있고. 원래 맨날 그 시간에는 잠자거나 우울했던
시간이었는데, 그 활동을 통해 얘기도 하고 사람이랑
있다 보니까 우울하지 않았어요.

은선 → 서진 질문

앞으로의 계획?

이제 저는 어떻게 살아야겠다는 기준의 윤곽이 조금 잡혀 가는 것 같아요. 어떻게 보면 이 독서모임이 그 출발선이 될 수도 있겠다 싶었어요.

왜냐면 저는 독서모임을 했던 동기가 나의 이익만 취하려는 것이 아니라, 내가 받은 것 즉 책에 좋은 영향 받은 것을 나눠주고 싶은 마음에서 했던 것이기 때문에.

목표는 얼마 벌고 얼마나 호화롭게 살고 이런 게 아니라 이런 마음을 가지고, 좋은 게 있으면 나누어주고 싶은 사람에게 나누어주면서 살아야겠다 라는 게 생겼어요.

모임을 하면서 그 마음으로 하게 됐잖아요. 하면서 잘살고 있는 것 같다는 생각이 들어서 그게 좋았어요.

이게 맞다. 앞으로도 이렇게 살아야겠다.

율곡고등학교   3학년   정윤혁

우선 독서모임을 해주셔서 감사하고요.
좋은 결과, 좋은 영향력을 얻을 수 있어서 좋았어요.
같이 6주 동안 함께 한 아이들도 잘해줘서 고마웠고.
서로 얘기 들어주고 피드백해주고
좋은 시간을 보낼 수 있어서 좋았어요.

6주간의 독서모임이 끝났습니다! 기분이 어때요?

홀가분해요. 뭔가 일을 하다가 그 일을 졸업한 상태니까
기분이 홀가분해요.

모임이 끝난 소감은요?

처음엔 그냥 기대도 안 하고 학교쌤이 가라해서 간 건데
막상 하고나니까 저에게 도움이 많이 됐던 것 같고,
보낸 시간도 다 좋았어요.
같이 엽서 사진 찍는 것 부터 모두 다.

모임하면서 가장 기억나는 것?
재밌는 에피소드가 있다면 소개해주세요!

쇠꼴마을 갔을 때 근수가 전기차 운전한 거요.
운전을 너무 난폭하게 해서 그게 가장 기억이 남네요.

책을 읽으면서 얻게 된 것이 있나요?

일단 제가 첫 주 목표로 진로 생각해보기를 했잖아요.
그렇게 진로 계획을 안 세웠으면 미뤄졌을 것 같은데 집중
해서 생각하니까 대입 준비하는 데 도움이 많이 됐어요.
규칙 자체도 처음에 작은 것부터 시작해서
크게 점점 지키려고 노력하다 보니까 아침 일찍 일어나는
것처럼 좋은 습관이 형성된 것 같아요. 일찍 자고 아침 일찍
일어나는 건 아직도 잘하고 있어요. 칭찬하는 것도 꾸준히
노력 중이에요.

책에 대한 생각의 변화가 있었나요?

제가 책 읽는 거 자체는 원래 좋아해서.
책의 종류가 바뀌긴 했지만, 아직도 책 읽는 건 재밌어요.

일상에 규칙을 적용하는 건 어땠어요?

처음에 진로 생각하기로 쉬운 것부터 했잖아요. 어려운 것
일 수도 있지만. 일찍 자고 일찍 일어나기부터 해서 점점
순서대로 난이도를 높여가며 하다 보니까 이행하는 데
큰 어려움은 없었는데 마지막 규칙은 힘들었어요.
그 규칙을 관리하는 게 잘 안 되더라구요.

모임하면서 아쉬운 점?

좀더 많은 활동을 못 한 거?
이거 말고도 독서모임을 하나 했거든요. 그때는 모여서
여러 활동을 더 많이 했었는데. 그런 활동을 못 한 게 아쉬워요.

모임하면서 얻게 된 것?

좋은 습관을 형성할 수 있었던 것을 가장 크게 얻은 것 같아요.
그리고 이 모임을 통해서 여러 사람들을 만났잖아요.
새로운 사람들을 만나다 보니까 인간관계 교류하는 게
더 좋아진 것 같아요.

앞으로 이 모임을 추천하고 싶은 사람이 있나요?
어떤 사람에게 추천하고 싶어요?

솔직히 모임 참여해도 하기 싫은 애는 잘 안 한단 말이에요.
평소에도 책을 좋아하고, 목표 자체가 뚜렷하지 않은 학생.
목표가 없거나 고민이 많은 학생이요.

마지막으로 하고 싶은 말!

우선 독서모임을 해주셔서 감사하고요.
좋은 결과, 좋은 영향력을 얻을 수 있어서 좋았어요.
같이 6주 동안 함께 한 아이들도 잘해줘서 고마웠고.
서로 얘기 들어주고 피드백해주고
좋은 시간을 보낼 수 있어서 좋았어요.

대학생활은 어때요?

고등학교 땐 대학이라는 큰 목표가 있었던 거고,
그걸 넘은 대학에서는 본격적으로 내 삶을 어떻게 꾸려갈
것인지에 관한 생각이 많아지는 시기인 것 같아요.
그래서 나 자신에 대해 알아보는 것이 훨씬 많아졌고
중요해졌다는 생각이 들어요.
대학 자체는 좋았던 게 학생 때는 계속 시험을 봤잖아요.
대학에도 물론 과제와 시험이 있지만, 고등학교 때처럼
하기 싫은 공부는 안 하니까. 내가 하고 싶은 전공을 갖고
그걸 하니까 확실히 스트레스를 덜 받아요.
그리고 나이로 스무 살이 넘었으니까. 할 수 있는 것도 많아
지고, 다양한 곳을 더 멀리 놀러도 가면서 활동 범위가 넓어
져서 좋아요.

율곡고등학교　　　1학년　　　　　　　　심근수

제가 첫 번째 인터뷰 때 책은
제 생기부를 꾸며주는 수단으로 생각했다고 했잖아요.
최근엔 제 삶에 너무 큰 도움이 되는 것이
책이라는 생각을 했어요.

제 안 좋은 심적인, 정신적인 생각들을
안 하게 해주는 데 도움을 많이 받았어요.

6주간의 독서모임이 끝났습니다! 기분이 어때요?

살짝 시원섭섭한 느낌.

일주일 동안 내가 규칙을 정하면서 살지 않아도 된다는
시원함도 있는데, 그런 걸 안 해서 섭섭한 것도 있어요.
그리고 살짝 이게 끝인가? 라는 생각도 들면서. 저번에는
마지막 모임 때 누나가 사무실에서 밥먹고 가셨잖아요.
이게 끝인가? 끝인가? 생각에 잠겼던 일화가 있습니다.

모임이 끝난 소감은요?

이제 모임은 끝났지만, 인연은 끝나지 않았으면 좋겠다.
윤혁이 형이나, 승원이 형, 건희 이 세 명은 어찌됐든 연락
하면서 잘 지낼 것 같은데 은선 누나랑 누나 같은 경우는
못 볼 것 같은 느낌이 드는 거예요.
그래도 모임하면서 좋았어요.

모임하면서 가장 기억나는 것?
재밌는 에피소드가 있다면 소개해주세요!

이제 그…. 줌으로 모임했을 때 책을 제 사무실에 두고와가
지고. (설마?) 인터넷에 쳐서. (진짜로? 와)
목차가 뭐가 있나 보고 모임이 끝난 다음 날부터 읽어보자.
(엥. 그럼 규칙은 어떻게 썼어요..?) 목차만 보고 어떤 내용
일까 생각하면서 썼어요. 근데 모임 중에 사무실에 갈 순
없잖아요? (건희: 나 같으면 갔다.)

책을 읽으면서 얻게 된 것이 있나요?

엄청 많긴 해요.

일단 제가 처음 읽었던 파트가 하루를 충실히 살아라인데,
거기에서 하루를 어떻게 하면 충실히 살까 생각하면서 일
주일을 보냈어요.

그 일주일을 보냈을 때 처음엔 잘 안 됐죠.

몇십 년을 그렇게 살아왔는데. 그랬는데 사람은 역시 환경
에 적응하는 동물인 것 같더라고요. 그런 점에서도 많은 걸
알게 됐고,

걱정 안 하는 법? 책을 읽으면서 이런 사람들도 이런 걱정
이 있었는데 내 걱정은 아무것도 아니구나. 라는 생각을
하게 됐어요. 책에 나오는 상황은 너무 극단적인 거예요.
근데 나는 극단적인 상황이 아니고, 심각한 걱정도 아닌데.
라고 하면서 반성하게 되더라고요.

내가 왜 이런 거로 걱정했었지? 하면서.

그래서 『데일 카네기의 자기관리론』이라는 책에 항상
고마워하고 있어요.

책에 대한 생각의 변화가 있었나요?

제가 첫 번째 인터뷰 때 책은 제 생기부를 꾸며주는
수단으로 생각했다고 했잖아요. 최근엔 제 삶에 너무 큰 도움
이 되는 것이 책이라는 생각을 했어요. 제 안 좋은 심적인,
정신적인 생각들을 안 하게 해주는 데 도움을 많이 받았어요.

일상에 규칙을 적용하는 건 어땠어요?

일단 매주 규칙이 바뀌었잖아요. 매주 바뀌다 보니까
한주에는 이 규칙을 적용했는데 다른 한 주에 규칙을
적용하면 너무 적응이 안 되는 거예요.
제가 첫 번째 규칙이랑 두 번째 규칙을 지키면서
느낀 점인데, 첫 번째 규칙이 하루를 알차게 보내자 였고
두 번째 규칙이 걱정을 안 하며 살자 이거였어요.
근데 그 이 주일간에 적응이 너무 안 되는 거예요.
충실히 살았다가 걱정을 안 하며 살자라는 게.
그래서 생각을 했죠. 그러면 같은 부류의 규칙으로 정하자.
해서 제가 세 번째 규칙이 "걱정을 안 하기 위한 공식
세 가지를 천천히 적용하면서 살기"였는데. 그렇게 하니까
적응할 필요도 없고 더 걱정을 안 하게 되더라고요.

모임하면서 아쉬운 점?

줌으로 하지 않고 처음부터 그냥 행정복지센터 모여서 하면
더 좋지 않았을까. 그게 좀 아쉽더라고요.

모임하면서 얻게 된 것?

많은 사람들의 생각을 들어보게 되니까 내 생각이 맞는 것도
있지만? 다른 사람들의 생각도 같이 수용하면서 내 생활
패턴을 바꿔보는 게 어떨까 하는 것도 얻었고, 다른 사람들의
의견을 듣는 것도 좋은 배움일 것 같다는 생각도 들었습니다.

앞으로 이 모임을 추천하고 싶은 사람이 있나요?
어떤 사람에게 추천하고 싶어요?

이 책 그대로 독서모임을 진행한다면
걱정이 너무 많고. 정신적으로 스트레스를 받는 사람에게
추천하고 싶고, 이 모임을 또 하게 된다면 기꺼이 하겠다고
말하고 싶습니다.

마지막으로 하고 싶은 말!

이 글을 읽고 있다면 걱정을 안 하는 게 우선이 아니라 걱정을 할 만한 일을 만들지 않는 게 우선이고. 걱정하더라도 정신적으로 큰 타격이 없을 만한 걱정을 했으면 좋겠어요.

```
근수 → 서진 질문
```

모임원들을 어떻게 생각하셨는지.

우리 학생들을 봤을 때 저는 굉장히 운이 좋은 사람이라고 느꼈어요. 이렇게 다섯 명이 모이게 됐는데, 서로 아는 사이도 있고, 친한 사이도 있고. 그렇지 않더라도 성실하게 잘 참여해준 친구들이 모여서 큰 어려움 없이 모임을 진행할 수 있었어요. 항상 고마워요. 평생 고마울 것 같아요.

규칙을 지키고 난 후의 소감?

일단 제가 책을 선정한 이유가 어찌 보면 제 인생 책이라고 할 수 있었기 때문에? 힘들었던 순간 정말 많은 도움을 받았던 그런 책이었기 때문에, 독서모임을 하면서
이 책으로 해야겠다는 생각을 했어요.
저도 항상 이 책을 읽기만 했지 꾸준히 규칙을 세우고
일상에 직접 실천해볼 생각은 못 했었는데,
이렇게 모임을 꾸리고 같은 참여자가 되었잖아요.
일상에 직접적으로 다가와서 너무너무 유익하고 좋았어요.

『데일 카네기 인간관계론』으로도 독서모임을 진행한 적이 있으시던데 『데일카네기 자기관리론』과 인간관계론의 차이는 무엇인지.

『자기관리론』은 나 자신에게 초점을 맞출 수 있어서 나와 삶에 대해 더 깊게 고민을 하고 성찰할 수 있는 책이라면, 『인간관계론』은 타인과 관계를 맺으면서 이런 상황에서 어떻게 해야 하는지. 말 그대로 관계에 대해서 더 깊게 생각할 수 있는 책인 것 같아요. 살아가면서 나 자신도 중요하지만 타인도 중요하잖아요. 그래서 저는 둘 다 동등하게 좋은 책이라고 할 수 있을 것 같아요.

평소에 자신에 대해 많이 생각하는 편인지.

저는 저에 대한 고민을 많이 하는 편이에요.
저는 초반에 『자기관리론』을 먼저 읽고 이 책이 너무 좋으니까 『인간관계론』도 읽고 싶어서 읽게 된 케이스거든요.
살면서 나를 표현해야 할 일이 많기 때문에 우선 내가 어떤 사람인지 알아야 하고, 사회적으로 맞닥뜨린 상황에서 어떻게 대응해야 하는지 알아야 하기 때문에 생각을 많이 해요. 살면서 다 순탄하게 흘러가지만은 않고, 여러 공격이 많으니까. 타인이든 본인이든….
(근수: 공감합니다.)

이 모임이 끝난 소감?

제가 휴학하고 나서 법원읍이라는 지역에 처음 와서 스스
로 프로젝트를 기획하고 처음 실행했는데, 큰 문제 없이
성공적으로 잘 진행이 된 것 같아서 뿌듯하기도 하고
굉장히 값진 경험이었던 것 같아요.
내가 이렇게 한 게 내 인생에서 처음이니까 절대 못 잊을 것
같은? 너무 특별하고. 나중에 나이를 더 먹어도
절대 못 잊을 것 같아요.

독자들에게 한마디.

지금 인터뷰하는 이 순간에도 굉장히 즐겁네요.
저는 모임을 하면서 학생들에게
좋은 에너지와 영향을 얻었습니다.
독자분들도 비슷한 느낌을 받았으면 좋겠어요.

전체적으로 짧은 한마디.

뭐든지 진심으로 행동하고 그 진심을 항상 가꾸어 나가자.

무슨 의미인지?

제가 이렇게 말하는 것들이 어떤 사람에게는 겉치레이고
진심이 아닐 수 있잖아요. 제가 어디서나 누군가에게 하는
말은 다 진심이 되었으면 좋겠고,
그 진심이 정말 좋은 진심이었으면 좋겠어요. 질 좋은 진심.

근수: 인터뷰에 응해주셔서 감사합니다.

타이핑 도움: 건희

율곡고등학교   1학년   김건희

처음 모임한다 했을 땐 사람들 앞에서 말하는 게
굉장히 쑥스럽고 말도 잘 못 할 것 같았는데,

다른 사람들이 말하는 걸 보고
나도 할 수 있겠다는 용기를 얻었어요.

말을 잘 못 했지만 잘하게 된 것 같고
말하는 게 더는 그렇게 쑥스러운 일이 아니구나
라는걸 알게 됐어요.

6주간의 독서모임이 끝났습니다! 기분이 어때요?

살짝 시원섭섭함이 있어요. 화상으로 만났다가 소수로 만나
서 모임을 했는데 그때 하루 아파서 못 나갔잖아요.
그게 지금 생각해보면 너무 후회되는 행동이었던 것 같고
다시 모임을 하게 된다면 아파도 나갈 것 같은….
(근수: 요즘 아프면 우리가 거부해요~!)

모임이 끝난 소감은요?

처음 모임한다 했을 땐 사람들 앞에서 말하는 게
굉장히 쑥스럽고 말도 잘 못 할 것 같았는데, 다른 사람들이
말하는 걸 보고 나도 할 수 있겠다는 용기를 얻었어요.
말을 잘 못 했지만 잘하게 된 것 같고 말하는 게
더는 그렇게 쑥스러운 일이 아니구나라는걸 알게 됐어요.

모임하면서 가장 기억나는 것?
재밌는 에피소드가 있다면 소개해주세요!

마지막 날이 재밌었던 것 같아요.
그 이유가 어떤 한 주제를 가지고 사람들이 다 다르게 얘기
하고, 각자만의 에피소드를 얘기하니까 저 사람이 저런
생각을 했구나 생각도 들고, 나였으면 저러지 않았을 텐데
혹은 나였으면 조금 달랐을 텐데 라는 생각도 들고.
개인마다 다른 생각을 들을 수 있어서 좋았어요.

자기 중심적인 생각만 하지 않고
타인의 대화를 집중적으로 듣기도 하고.
승원이 형 동생 에피소드를 들었을 때 저 형은 이렇게
생각했구나. 나는 다른데라는 생각도 들면서 또 한편으론
저렇게 생각할 수도 있겠구나 싶었어요.
그러면서 각자의 가치관의 차이라던가 서로 생각하는 부분
이 다르니까 상대방을 이해할 수 있었고,
더 나아가서 조언도 해주고 싶은 그런 마음이 있었어요.

책을 읽으면서 얻게 된 것이 있나요?

일주일에 한 번씩 규칙을 정했잖아요.
근데 그 규칙이 2~3일 동안은 지키기 힘들다고 생각했는데
또 2~3일 지나다 보면 지킬만 하더라고요. 내가 이 규칙을
지켰구나 하는 뿌듯함도 있고 자존감이 올라갔었는데,
6주 동안 그걸 반복하다 보니 규칙을 지키면서
자존감이 상승하는 그런 기분을 느꼈어요.
이 모임이 끝나고도 그 규칙들을 다시 한번 생각하면
자존감이 더 높아질 것 같아요.
그러면 나 자신을 사랑하게 되는 그런 걸 느낄 것 같아서
모임이 끝나도 규칙은 계속 정하고 지키고 싶어요.

(건희와 근수가 같이 계속 규칙을 지키기로 합의를 봤다.)

책에 대한 생각의 변화가 있었나요?

처음 인터뷰했을 땐 책은 지루하고,
어려운 글씨가 많다 보니까 거부감도 있고,
책이라는 이미지가 글로만 읽는 그런 건 줄 알았는데
막상 읽다 보니까 나 자신에게 굉장히 도움이 되는?
그 책의 내용을 다른 사람에게도 소개해줘서
그 책을 읽으면 굉장히 뿌듯할 것 같고,
가장 결정적인 건 책에 대한 거부감이 사라진 것이에요.

일상에 규칙을 적용하는 건 어땠어요?

솔직히 처음에는 될 지 몰랐어요. 규칙이 정해질지도 몰랐
고 나 스스로가 실천할 지도 몰랐는데 막상 해보니까 지키
는 맛도 있고 달성했을 때 성취감 때문에 규칙을 계속 지키
게 됐어요.

모임하면서 아쉬운 점?

코로나 때문에 자주 만나서 얘기를 못 했다는 점?
만나서 얘기할 때 듣는 게 집중되고 이해가 잘 되는데,
화상으로 했을 때는 외부에 다른 소리가 들리면 거기에 집중
하게 돼서 모임에 집중도가 떨어지는 그게 좀 아쉬웠어요.

모임하면서 얻게 된 것?

말을 잘하게 됐어요. 다른 사람들 앞에서 말할 기회가
많지 않았는데 이번 기회를 통해서 많진 않지만,
사람들 앞에서 얘기하는 게 오랜만이었고
말을 되게 잘할 수 있게 된 것 같아요.

앞으로 이 모임을 추천하고 싶은 사람이 있나요?
어떤 사람에게 추천하고 싶어요?

자존감이 낮은 사람이나 일상의 변화가 필요한 사람에게
추천하고 싶어요.

마지막으로 하고 싶은 말!

이 모임을 통해서 잃은 것은 없지만 얻게 된 게 많아서
평생 잊지 못할 추억인 것 같아요.

이 모임을 하게 된 후의 소감.

이렇게 인터뷰하면서 답변 들으니까
내 생각보다도 훨씬 더 괜찮은 시간이 되었구나 싶어요.
제가 원했던 대로 진심이 통한 느낌이 들어서
학생들에게도 감사하고, 저도 평생 잊지 못할 추억이죠.
많이 배웠어요. 건희한테도 그렇고 각자에게도 너무 배울
점이 많아서, 같이 대화하면서 성장하는 기분? 건희가 해준
말들도 잊지 못할 것 같아요. 이럴 때 이러면 되겠구나.
건희는 현명한 대처를 하고 있었구나 하는 생각이 들더라
고요. 그래서 가끔 이럴 때는 건희가 어떻게 생각할까?
이런 게 궁금해요. 앞으로도 궁금할 것 같아요.

율곡고등학교　　2학년　　송승원

다양한 것을 배운 것 같아요.
안 하던 악기도 배우고, 기타라던가, 번지점프도 하고.
새로운 시도나 다양한 경험을 할 수 있었어요.
여기서 책 읽고, 규칙 정하고, 실천해 보자 해서
한 거거든요.

6주간의 독서모임이 끝났습니다! 기분이 어때요?

아 일단 뭐가 없어진 기분이에요. 저에겐 의미가 있는 시간
이었던 것 같아요. 많은 걸 얻고 배웠고요.

모임이 끝난 소감은요?

아쉽긴 하지만 한번 더 이런 게 있으면 다시 참여하고 싶은?

모임하면서 가장 기억나는 것?
재밌는 에피소드가 있다면 소개해주세요!

죽을 때까지 잊을 수 없는 기억이긴 한데,
전에 다 같이 엽서 사진 찍었잖아요.
근수가 운전했을 때가 기억에 남아요. 잊을 수 없을 것 같아요.

책을 읽으면서 얻게 된 것이 있나요?

다양한 것을 배운 것 같아요.
안 하던 악기도 배우고, 기타라던가. 번지점프도 하고.
새로운 시도나 다양한 경험을 할 수 있었어요.
여기서 책 읽고, 규칙 정하고, 실천해보자 해서 한 거거든요.

책에 대한 생각의 변화가 있었나요?

독서모임에서 읽은 책은 그냥 힘든 사람들이 읽는 거구나
생각했는데, 약간 다른 것 같더라고요.
인생에 도움 되는 팁이 있었어요.

일상에 규칙을 적용하는 건 어땠어요?

도움된 것들은 되게 많았어요.
자는 패턴도 정상으로 돌아오고, 아무튼 뭐 되게 좋았어요.

모임하면서 아쉬운 점?

빨리 끝난 게 아쉬워요.

모임하면서 얻게 된 것?

자신감을 많이 얻었달까. 그리고 나에 대해 생각도 해보고요.

앞으로 이 모임을 추천하고 싶은 사람이 있나요?
어떤 사람에게 추천하고 싶어요?

예전에 저에게 책을 추천해준 친구요.
(첫 인터뷰 때 언급한 친구)
저처럼 트라우마가 있는 사람이라던가
자신감 없는 친구에게 추천해주고 싶어요.

마지막으로 하고 싶은 말!

독서모임 통해 의미 있는 시간이었고,
심심하지 않은 방학을 보내서 되게 좋았고요.
이런 모임을 더 한다면 참여하고 싶어요.

승원 → 서진 질문

학생들 어땠어요? 솔직하게.

저는 정말 솔직하게, 학생들 한 명 한 명 너무 고마웠어요.
학생들이 없었다면 모임도 책도 없었을 거에요.
참여해준 것만으로도 고마운데, 규칙도 잘 정하고 모임도
성실하게 나오고 글도 쓰고, 덕분에 모임하면서 많은 힘이
되었어요. 행복도 많이 느꼈고요.

**처음 반에 들어와서 설명하시고
제가 하겠다고 손들었을 때 기분이 어땠는지.**

솔직히 그 장면이 잊혀지지 않아요.
준비되지도 않은 설명을 겨우 마쳤는데,
바로 "저 할래요" 하면서 손들었잖아요.
그게 저한테 얼마나 큰 감격이었는지 모를거에요. ㅎㅎ
덕분에 힘 얻고 계속 다른 반 돌면서 설명할 수 있었어요.

마치는 글

어느덧 긴 여정을 지나 책을 마무리 짓는 페이지가 되었네요. 우리의 긴 시간을 하나의 책으로 압축해서, 우리를 알지 못했던 분에게 이야기를 전달할 수 있다는 것이 신기하기도 합니다. 이 글을 읽고 계신 분들이 얼마나 큰 힘이 되었는지 감사를 전하고 싶습니다. 우리의 깊고 반짝였던 독서모임을 오래도록 책으로 간직할 수 있게 된 것이 큰 보람이에요.

제게 바람이 있다면 진심으로 책을 좋아하는 사람들이 늘어나는 거예요. "책은 좋으니 꼭 읽어야 해"라는 의무감보다 삶에 좋은 영향이 된다는 것을 직접 경험하길 바랍니다.

사람은 스스로도 변화되기 어려운데, 누군가의 요구로 변화되긴 더 힘들어요. 하지만 변화의 큰 씨앗이 되는 것은 가장 어려운 상황일 때인 것 같아요. 힘든 순간에 위로가 된 것은 좋아할 수밖에 없죠. 책은 가장 정돈되어 고른 마음을 건네줍니다. 상처받을 일이 없고, 언제 어디서나 함께할 수 있어요. 책을 의지하게 된 이후로 삶의 질이 더 높아짐을 느끼고 힘든 순간을 잘 이겨낼 수 있었어요. 이 좋은 것을 저만 아는 것이 아닌, 꼭 많은 분들에게 나눠주고 싶었어요. 율곡고등학교 다섯 명의 친구들과 첫 시작을 하게 되어 너무나 영광입니다.

긴 어둠에서 나올 수 있는 방법은, 자신이 빛이 되어 주변을 환하게 비추는 것이에요. 부디 어두울 때 가장 환한 빛이 될 수 있다는 사실을 잊지 않으면 좋겠어요. 제가 힘들었던 날 책을 만났고, 평생의 가장 친한 친구가 되어주었기에 그날은 제게 가장 뜻깊은 날이 되었어요. 책의 선한 영향력이 독자에게로 향하여 모두 평안하길 바랍니다.

이 프로젝트를 할 수 있도록 가장 큰 발판이 되어준 다섯 명의 독서모임 학생들,
로컬청년생활실험실 팀원들, 마을살리기 팀장님과 주사님, 율곡고등학교 선생님,
책이 세상에 나올 수 있도록 후원해주신 텀블벅 후원자분들,
부족한 첫 책을 읽어 주신 독자분들에게 진심으로 감사의 인사를 드립니다.

책이 책으로만 남지 않도록

_ 스물셋 대학생과 율곡고 학생들의 책으로 변화된 일상의 기록

초판 발행일 · 2021년 10월 25일

저　자 · 조서진, 장은선, 정윤혁, 송승원, 심근수, 김건희
발행인 · 박인애
편　집 · 조서진
디자인 · 조서진
기　획 · 조서진 pusaess@gmail.com

발 행 처 · 구름바다
등 록 일 · 2017년 10월 31일
등록번호 · 제406-2017-000145호
전자우편 · freeinae@icloud.com
주소 · 파주시 노을빛로 109-1 301호
전화 · 031-8070-5450, 010-4301-0736
팩스 · 031-5171-3229
인쇄 · (주)공간코퍼레이션

ⓒ 조서진, 장은선, 정윤혁, 송승원, 심근수, 김건희

ISBN 979-11-92037-02-8 (03800)
값 13,000원

후원해주신 분들

김수연	조해련	노진호
방미림	문순현	김예리
김보경	yesyoona	진수아
진안	심현덕	min
아홉 프레스	김임준	유지인
김예솜	반설아	박경란
박선주	노연서	신동주
조경익	이세벽	히카리
그린걸	이성수	홍윤기
김시완	박인애	양승호
정현조	유리에	박지영
배다솜	김지하	송윤재
송유정	전소현	정필환
고시생	이해범	정다영
E.A.조	데카교육	예진
김영랑	기억사전	공은교
Josh쌤	여현미	임수민
김소라	남경민	징고
김장훈	이두준	장서웅
거칠지만따뜻한덩치